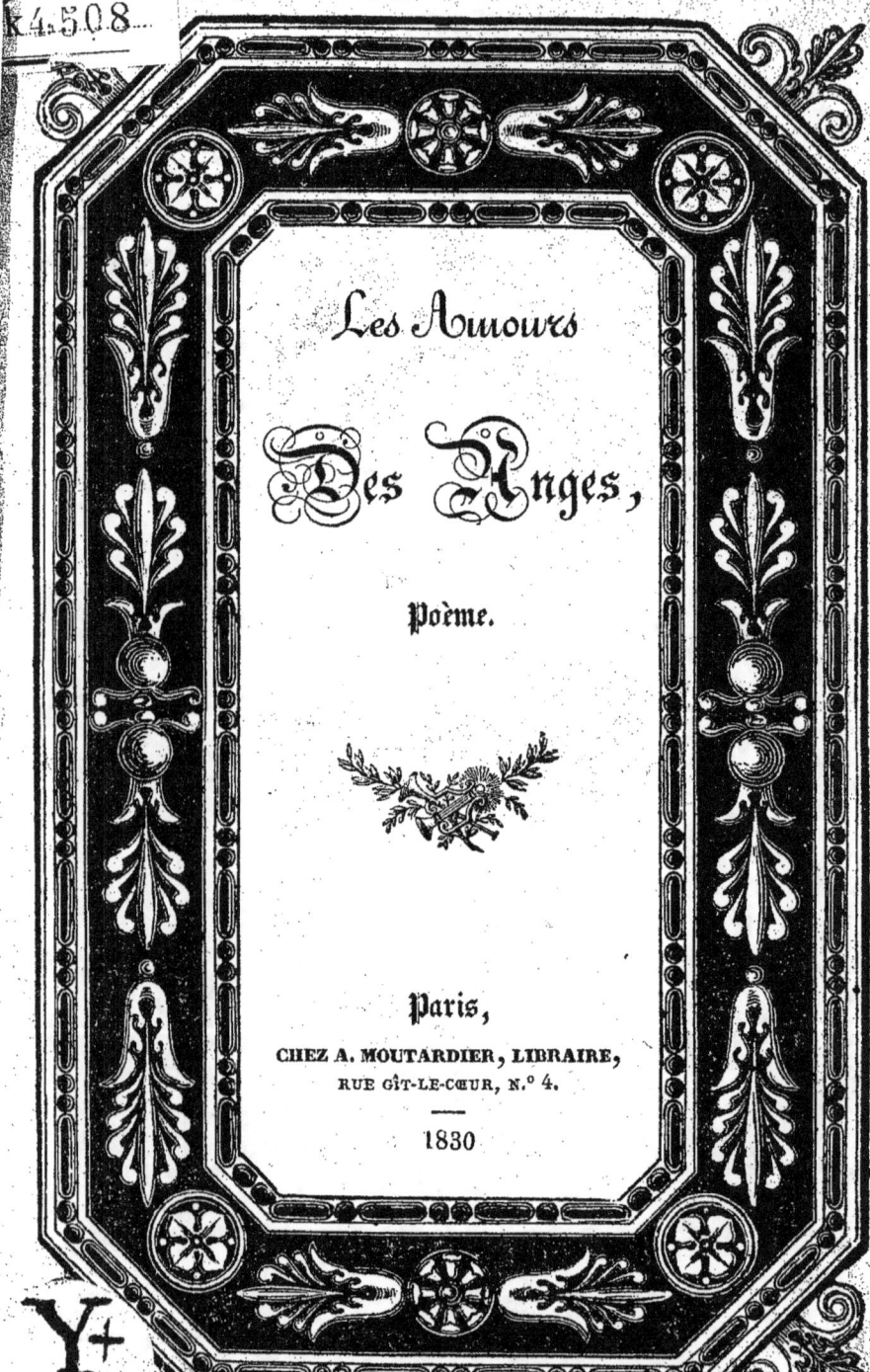

Les Amours

Des Anges,

Poème.

Paris,

CHEZ A. MOUTARDIER, LIBRAIRE,

RUE GÎT-LE-CŒUR, N.º 4.

1830

LES AMOURS

DES ANGES,

Poème.

ANGOULÊME. — IMPRIMERIE DE J. BROQUISSE.

LES AMOURS
DES ANGES,

POÈME

DE THOMAS MOORE,

TRADUIT EN VERS

Par Lysias Moutardier,

Licencié ès-Lettres, Professeur de Rhétorique au Collége
d'Angoulême.

ANGOULÊME,

CHEZ JACQUES LAROCHE, LIBRAIRE.

BORDEAUX,

CHEZ LAWALLE, LIBRAIRE.

1830

PRÉFACE DE L'AUTEUR.

CE Poème, un peu différent dans sa forme et beaucoup plus étendu, était, dans l'origine, destiné à servir d'épisode à un ouvrage dont je me suis occupé, à différens intervalles, pendant ces deux dernières années. Depuis quelques mois, cependant, ayant appris que mon ami Byron, par un hasard singulier, avait choisi le même sujet pour un poème, et ne pouvant m'empêcher de sentir le désavantage de venir après un aussi formidable rival, je pensai qu'il vallait mieux publier de suite mon humble esquisse, avec les changemens et les additions que le temps m'avait permis d'y faire, et de me donner ainsi la chance de ce que les astronomes appellent un lever héliaque, en paraissant le premier sur l'horizon littéraire, avant que l'astre dont la lumière devait m'éclipser eût commencé à briller.

Comme plusieurs personnes, dont je respecte les opinions, pouvaient me faire des objections sur le choix d'un sujet de cette nature, tiré de l'Écriture sainte, je pense qu'il est juste de faire observer que, en point de fait, ce sujet n'est pas pris dans l'Ecriture, la notion sur laquelle il est fondé (les amours des Anges pour les femmes) devant originairement sa naissance à une traduction erronée des Septente [1], du sixième chapitre de la Genèse, seule autorité sur laquelle est basée cette fable. Le fondement de mon Poème a donc aussi peu de rapports avec l'Ecriture sainte, qu'en ont avec elle les rêves des anciens Platoniciens et les rêveries des Théologiens juifs; et en appropriant cette tradition à l'usage de la Poésie, je n'ai fait que la fixer dans cette région des fictions où l'ont placée depuis long-temps les opinions des Pères de l'Eglise les plus sages, et le sentiment de tous les autres Théologiens chrétiens.

Ce sujet, en outre qu'il était propre à la Poésie, me frappa aussi comme capable d'offrir un voile allégorique à travers lequel je pouvais tracer (comme j'ai essayé de le faire dans les histoires suivantes) la chute de l'âme de sa pureté originelle, la perte de la lumière et du bonheur qu'entraîne la poursuite des plaisirs périssables de ce monde, et les châtimens de la conscience et de la justice divine, pour la punir de son impureté, de son orgueil et de sa curiosité présomptueuse à vouloir pénétrer les augustes secrets de la divinité. La charmante fable de l'Amour et de Psyché doit son plus grand charme à cette sorte de « sens voilé », et mon désir (quoique j'aie pu échouer dans mon entreprise) a été de donner aux pages suivantes le même intérêt moral.

LES AMOURS

DES ANGES.

Le monde, jeune alors, était à son printemps;
Les astres, commençant leur brillante carrière,
S'élançaient glorieux; et, jeune alors, le Temps
Comptait ses premiers jours par ceux de la lumière.
　　Au sommet des coteaux, dans la prairie en fleur,
A la douce clarté de la riante aurore,
Les Anges, les mortels s'assemblaient; la Douleur,
Dans ce monde naissant ne venait pas encore;
Entre l'homme et le ciel, le Péché qui dévore,
N'avait pas étendu son voile de terreur.

Alors, plus près des cieux brillait la jeune Terre,
Qu'en ces jours de malheur, de pensers criminels;
Et sans surprise, alors, les vertueux mortels
Voyaient, du sein des airs, sur leur tranquille sphère,
Les Anges abaisser leurs regards fraternels.
Ah! de la passion l'haleine empoisonnée,
Devait-elle souiller ta belle matinée,
O terre! le poison, sur des êtres divins,
Devait-il imprimer sa tache ineffaçable,
Et l'amour de la femme, ô coup plus déplorable!
Faire tomber des cieux leurs superbes destins!

Un soir de ce printemps de la terre et du monde,
Sur la colline en fleurs, dont le soleil couchant,
Sous des cieux embaumés, éclairait le penchant,
Trois amis conversaient. La paix était profonde;
Et tandis que leurs yeux, de temps en temps levés,
Suivaient d'un ciel lointain les plaines éternelles
D'où le Jour s'éloignait en repliant ses ailes,
De leur premier éclat leurs nobles fronts privés,
Disaient encor les Fils des sphères immortelles,
Essences, purs Esprits, dont les essaims nombreux,
Vont se jouant sans cesse autour du Roi des cieux,
Tels qu'aux feux du soleil d'innombrables atômes;
Et, la nuit et le jour, dans ces divins royaumes,
Se transmettent l'écho du Verbe lumineux! [2]

Ils parlaient donc du ciel, et, plus souvent encore,

De ce regard charmant qui les en fit bannir!
Quand, cédant par degrés à ce cher souvenir,
Aux doux parfums des fleurs portés par le zéphyr,
Au silence du soir qu'un doux rayon colore,
Comme en leurs premiers jours d'erreur et de désir,
Chacun des Immortels que le regret dévore,
Déroula le récit d'un moment de plaisir :
Moment si court, hélas! heure à jamais funeste!
Où, semblable à l'oiseau loin du nid entraîné
Par un regard puissant qui l'avait fasciné,
Il tomba pour jamais loin du séjour céleste,
Que pour un seul sourire il avait dédaigné!

Le premier qui parla, l'œil penché vers la terre,
Faisait jaillir moins vif l'éclat divin des cieux.
C'était de ces Esprits à la trempe légère,
Tendre aux impressions de ces terrestres lieux,
Qui, même dans le ciel, n'était pas des phalanges
Qui du trône éternel ornent la majesté,
Mais rangé seulement dans la foule des Anges
Dont les cercles sans fin peuplent l'immensité,
Et dont l'aile n'obtient qu'un reflet de clarté
De Celui qui, du centre, éblouit les Archanges.

Bien que son jeune front parût moins glorieux,
Son front disait encor sa céleste origine;
La lumière d'Eden, moins pure, moins divine,
Etincelait encor dans l'azur de ses yeux.

De ses traits, l'amour seul, dans sa course rapide,
N'avait pas obscurci la première splendeur;
D'autres plaisirs grossiers, un terrestre bonheur,
Laissèrent, en passant, leur empreinte livide.

Tandis que la Mémoire, à travers le passé,
Comme l'Explorateur des noirs tombeaux, s'avance,
Soulevant le linceul que, sur chaque espérance,
Dans son rapide vol, le Temps avait baissé,
L'Ange ému se recueille, il soupire et commence.

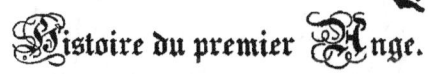

Histoire du premier Ange.

Il est une contrée, au loin, dans l'orient,
Où jamais de la nuit l'éclatante Nature
Ne connut le silence et la durée obscure;
Où, sur le seuil des cieux, tout-à-coup souriant,
A son époux, au Jour, elle offre sa parure.

De l'immortel séjour vers la terre envoyé,
Un matin, quand, du haut de la céleste voûte,
Je choisissais l'asile où, lassé de ma route,
Je replîrais mon aile et poserais mon pié,
Je vis, ô vue, hélas! attrayante et fatale!
Des vierges d'ici-bas le modèle innocent!

Le cristal d'un ruisseau limpide et caressant,
Qui voilait à moitié sa grâce virginale,
Sans éteindre l'éclat de ses jeunes beautés,
Leur donnait encor plus cette douce apparence,
Ce prestige divin qu'à nos yeux enchantés,
Offre d'un songe heureux la vague transparence! [3]
   Arrêté, j'admirais cet objet ravissant,
Tandis qu'avec douceur les ondes se brisant,
Brillaient de mille feux sur ses membres d'albâtre,
Tandis que, sur les jeux de sa gaîté folâtre,
Se répandait l'éclat d'elle-même naissant!
Bientôt, pour mieux jouir de cette belle image,
Près d'elle doucement j'approchai mon essor;
Mais le frémissement de mon divin plumage,
(Le frisson du plaisir le parcourait alors)
Au moment où ses pas regagnaient le rivage,
Effraya sa pudeur!... Sur le bord de l'étang
Qui réfléchit encor sa lueur scintillante,
Elle resta, semblable à la neige éclatante
Que d'un rose plus vif colore le couchant.
Je n'oublîrai jamais la grâce de ses charmes,
Sa craintive pudeur, ses touchantes alarmes,
Lorsque, levant au ciel ses yeux épouvantés,
Son regard rencontra mes regards enchantés!
On eût dit qu'à l'instant, son œil et sa pensée
Venaient d'être arrêtés par un enchantement,

Tant son corps et son œil étaient sans mouvement,
Tant sur le bord de l'onde elle semblait fixée,
Pareille à cette fleur qui, regardant les cieux,
Suit au bord d'un ruisseau le soleil radieux!

Cependant, par pitié pour la jeune mortelle,
(De cette vision m'arrachant à regret)
Sur la terre, à l'instant, comme un rapide trait,
Je descends, pour cacher à l'ombre de mon aile,
Les regards enflammés dont le puissant effet
Agissait trop déjà sur mon cœur et sur elle!
Mais, hélas! quand bientôt, de son voile odieux,
Je voulus délivrer ma vue impatiente,
Et chercher du regard cette nymphe charmante,
D'une course légère elle avait fui ces lieux!
Le feuillage des bois me cachait son image!
Telle, dans l'éclat pur de ses chastes attraits,
La lune, tout-à-coup, dans le sein d'un nuage
Pénètre et disparaît sous ses voiles épais.

Fatale passion! Les mots ne sauraient dire
Combien sur moi, dès-lors, l'amour avait d'empire!
Pour moi plus de repos!... et la nuit et le jour,
Brûlant, je parcourais tous les lieux d'alentour;
Je cherchais!... et pour suivre une douce lumière,
J'oubliai mon devoir, le ciel, j'oubliai tout,
Oui tout, hors l'objet seul, hors l'image si chère,
Que mes yeux, sur le bord, voyaient encor debout!...

Bientôt, près d'elle assis, coulant des jours tranquilles,
Je prêtais mon oreille à ses divins accens,
Qui de nos Séraphins surpassaient les doux chants,
Quand ils chantent l'amour sur leurs harpes dociles;
Je contemplais ces yeux dont le céleste azur,
Tel que l'azur des cieux, dans une onde assoupie,
Offrait à mes désirs un ciel encor plus pur
Que ne l'était pour moi ma céleste patrie!
Que m'importait le ciel, quand je pouvais la voir?
Que m'importait le ciel, quand je pouvais l'entendre?
Sa voix était si douce, et son regard si tendre!
L'air grossier de la terre, ô magique pouvoir!
Je l'aimais, respiré par sa bouche adorée!
Le jour était sans feux, la fleur décolorée :
A son aspect charmant, la fleur s'embellissait,
Et la céleste voûte à sa vue épurée,
De l'éclat de l'amour soudain resplendissait!
Pour moi, dans l'univers, il n'était que deux mondes,
L'un, asyle chéri, par Léa consacré,
L'autre, morne désert, solitudes profondes,
Où chercherait en vain mon œil désespéré!...

Mais vainement ma voix, vainement mon délire
Lui peignait mon amour!.. Et pourtant, de ses yeux,
Pour obtenir, hélas! un coupable sourire,
Mes mains, avec transport, dociles à ses vœux,
Soudain, sur mon épaule, auraient brisé mes ailes,

Et jeté leurs débris aux flammes éternelles,
Dont le nom n'est jamais prononcé dans les cieux!
L'espérance avait fui!... Léa, calme, innocente,
Était comme le lys au calice odorant,
Dont, au milieu du jour, le soleil dévorant
Fait briller encor plus la blancheur ravissante.
Elle m'aimait pourtant, m'aimait avec ardeur!...
Mais non comme mortel!.. non, ses sens, sa jeune âme
Ne brûlait pas pour moi d'une terrestre flamme!...
Elle n'aimait en moi qu'un Ange protecteur,
Un de ces habitans du séjour de lumière
Qu'elle vit si souvent dans un rêve enchanteur ;
Où, quand naissait le jour, s'élevait sa prière,
Et dont ses yeux, le soir, admiraient la splendeur,
Tandis que de désirs son âme dévorée,
Ambitieux espoir! demandait qu'à l'instant,
Loin de ce monde obscur des ailes l'emportant,
Elevassent son vol vers la voûte azurée!

 Eternel souvenir!... j'étais près d'elle assis...
Le soir couvrait les champs de sa teinte rosée,
Lorsque soudain, la vue à l'horizon fixée
Sur l'astre dont le front scintillant de rubis,
Luisait comme le front de la jeune Epousée,
Hors du lit nuptial offrant ses traits chéris,
Elle me dit : « ô gloire! ô destinée heureuse! [4]
» D'être l'Esprit qui veille à cet astre éclatant,

» Isolé, mais semblable à la foule nombreuse
» De ces orbes de feu, sans cesse rayonnant!
» Là, prier, resplendir serait mon existence!
» Allumant au soleil mon encensoir pieux,
» Mes mains en lanceraient les parfums précieux
» Vers le trône divin de l'éternelle Essence! »
　　De la jeune Beauté, telle était l'innocence!
Et son âme et son corps n'avaient rien des mortels!
Tel fut l'objet pour qui mes désirs criminels,
Destin fatal! devaient brûler, sans espérance,
D'un feu qui surpassait les feux les plus cruels!
Ah! si vous aviez vu son regard, quand ma bouche,
De mon égarement osa peindre l'ardeur!
Non, son regard alors n'avait rien de farouche :
C'était de la tristesse, une morne stupeur,
Un deuil calme et profond, qui n'avait pas de larmes!
Tant, jusque sur les bords, au coup de la douleur,
S'était rempli soudain, s'était glacé son cœur!
Hélas! penser qu'un Ange, ô mortelles alarmes!
Que moi, dont elle aimait, idolâtrait l'amour,
Comme un lien brillant, une chaîne épurée
Qui rattachait son âme au céleste séjour,
Je tombais, des splendeurs de la voûte azurée,
Dans l'ombre du péché, dont l'atteinte exécrée
Ternit à l'instant même, et ternit sans retour,
De l'âme qu'il souilla la lumière éthérée!...

Penser qu'un être faible, et timide et mortel,
Que Léa, s'élevant comme l'oiseau de l'onde,
Voulait chercher l'éclat d'un plus glorieux monde,
Tandis qu'un Ange, moi, créature du ciel,
Rencontrant son essor vers l'empire éternel,
J'allais, perdant les cieux, la paix et la lumière,
La faire encor tourner son essor vers la terre,
Avec moi, du péché boire l'horrible fiel,
Et mourir dans l'effroi d'un amour criminel!!...

   Cette nuit même, hélas! j'étais plus triste encore,
Impatient du feu qui dévorait mon cœur!...
Elle avait fui déjà cette dernière aurore
Qu'à mon séjour ici marqua le Créateur!
Les célestes Gardiens qui veillent près du trône, [5]
Si quelque météore, à l'éclat passager,
Brillait entre le ciel et cette obscure zône,
Déjà croyaient revoir leur divin messager!
Souvent, le mot sacré, la parole puissante
Que doivent prononcer les envoyés des cieux,
Quand l'heure du retour, quand leur âme brûlante
Fait remonter leur vol au séjour radieux,
Souvent ce mot erra sur ma lèvre tremblante!
Une fois même, hélas! ô jour, ô jour fatal!
Il fut si près, si près d'échapper de mon âme,
Que déjà mon plumage, au souffle matinal,
De l'astre glorieux réfléchissant la flamme,

S'agitait mollement!... Mon cœur faiblit encor!...
Le charme fut rompu!... La parole formée,
Sur ma lèvre, à l'instant, mourut inexprimée,
Et mon aile éclatante, au moment de l'essor,
Retomba, comme avant, sans force, inanimée!...

De ce monde jamais pouvais-je m'arracher,
Qu'elle fût à mes vœux ou sensible ou cruelle?
Il était tout pour moi, bonheur, gloire éternelle!
Le ciel même, à mes yeux, n'en pouvait approcher!
Tant que mon âme encor nourrissait l'espérance,
Entrevoyait au loin le fortuné hasard
De périr sous les coups de ce fatal regard,
Comment pouvais-je, hélas! éviter sa présence!
Qu'importait dans quels lieux mes pas devaient errer,
Si, dans ces lieux, Léa devait suivre ma trace,
Y porter ses regards, sans cesse y respirer?
Avec Léa, les maux, l'éternelle disgrâce,
La mort, il m'était doux de pouvoir l'endurer!
Tous les plaisirs des cieux ne pouvaient m'attirer,
Si je ne devais pas y contempler sa grâce!

Mais mon esprit s'égare!... Hélas! ce même jour
Était un jour de fête, où, pleines d'allégresse,
Fraîches comme les fleurs qu'un vent d'été caresse,
Accouraient les Beautés de ce charmant séjour.
Elle parut aussi dans ce groupe de Belles,
Et ses divins appas régnaient au-dessus d'elles,

Bien que son jeune front, au déclin de ce jour,
Gardât l'empreinte encor de l'ombre passagère
Qu'à l'aube y répandit mon criminel amour,
La seule dont la honte et dont la peine amère
Eussent encore voilé sa neige printanière!

Un délire insensé s'empara de mon cœur!
Me livrant aux transports d'une fête bruyante,
J'abandonnai mon âme à sa fougueuse ardeur;
Frénétiques élans d'une joie effrayante,
Qu'ils prennent bien souvent pour l'élan du bonheur,
Ceux qui ne savent pas que l'extrême douleur
Peut éclater parfois en gaîté délirante!
De vie et de bonheur misérable semblant!
Triste éclair du conflit des passions de l'âme,
Qui reluit un moment comme la vive flamme
Du glaive qu'a frappé le glaive étincelant!

Alors, ce sombre jus, ce breuvage des hommes, [6]
Qui charme, en les souillant, et la tête et le cœur,
Nectar pernicieux, merveilleuse liqueur,
Qui conduit avec soi tous les brillans fantômes
Des plaisirs défendus, d'un criminel bonheur;
Dont les gouttes, autour, sur les nuages sombres
Qui ceignent des mortels le terrestre séjour,
Telles que l'arc-en-ciel, font sourire le jour,
De la terre, un moment, font resplendir les ombres,
Et répètent le ciel dans leur brillant contour;

Alors, affreux moment! cette coupe fatale, [7]
Sur ma lèvre imprima ses poisons odieux,
Eclipsant, dans la nuit de sa teinte infernale,
Tout l'éclat que mon âme avait gardé des cieux;
Et l'emplissant, hélas! de ces folles pensées,
De ces désirs du mal, de ces rêves trompeurs,
Qui, lorsque les clartés du ciel sont effacées,
S'emparent pour jamais de nos coupables cœurs;
Tels que ces feux errans, ces livides vapeurs
Qu'on voit, après le jour, sur les champs balancées!
    Mais, écoutez le reste!... Au sortir du banquet,
J'allai chercher ses pas sous le même bosquet,
Où déjà, bien des fois, quand finit la journée,
Quand la lune reprend sa course dans les cieux,
Quand le monde s'endort calme et silencieux,
Mon âme la suivit à son âme enchaînée!
Elle était seule.. Oh Dieu! quels traits!.. que de beautés!
Ah! pourquoi nous donner ces regards tout de flamme, [8]
Ou pourquoi, dans les cieux, nos regards enchantés
Ne contemplent-ils rien d'aussi beau que la femme?
Ses yeux cherchaient encor son astre bien-aimé,
Qui brillait, cette nuit, d'une lueur plus belle,
Tandis que de Léa le regard animé,
Tout l'être rayonnait d'une clarté nouvelle;
Comme si, dans le sein de cet astre enflammé,

Urne immense et féconde, à longs traits exprimé,
Elle puisait l'éclat d'une essence immortelle!
    Oui, tout, dans cette scène, à mon œil transporté
Offrait de la vertu la sainte pureté!
Et si mon âme, hélas! d'un délire coupable
N'avait pas respiré le funeste poison,
Cet aspect à mon âme eût rendu la raison,
Comme l'auguste aspect du Trône redoutable!
Le cœur tout dévoré de mes brûlans désirs,
Mes lèvres tout en feu, tremblantes, desséchées,
Par le souffle embrasé de mes ardens soupirs,
J'admirais!... Le respect enchaînait mes pensées!...
A l'éclat de ses yeux, à son charme vainqueur,
Le souvenir d'Eden pénétra dans mon cœur!
Et bien que mes regards, à la pâle Mortelle
Prouvassent trop, alors, qu'une ardeur criminelle
N'avait rien des élans de cet amour divin
Qu'exigeait un autel aussi pur que le sien;
Oui, son œil aperçut (et ce penser encore
Adoucit la douleur du mal qui me dévore),
Quel amour vrai, brûlant, profondément senti,
Quel hommage flatteur de respect et de crainte,
Un Ange, descendu de la divine enceinte,
Rendait à la Mortelle, à cet objet chéri
Qui, sur lui l'emportait par sa flamme si sainte!
Oui, son œil aperçut mes tourmens, mes efforts

Pour réprimer l'excès de coupables transports,
Et briser de mes nœuds la dévorante étreinte;
Lorsqu'avec une voix, un triste et doux accent
Où l'amour imprimait sa brûlante tendresse,
Et sa mélancolie au charme si puissant,
Je lui dis, palpitant et de honte et d'ivresse :
« Eh bien! puisque je dois revoler vers les cieux,
» Sans être aimé de toi, sans attendrir ton âme,
» Sans obtenir, hélas! un gage précieux
» Pour charmer dans le ciel ma solitaire flamme,
» Un seul regard, semblable au triste et long regard
» Qu'échangent les amans à l'instant du départ,
» O puissant souvenir! serait un bien suprême
» Au-dessus du bonheur que m'offre le ciel même!
» Que je voie, un moment, se pencher sur mon bras,
» Sur mon bras amoureux, cette tête adorée,
» Et que ces yeux si doux, de ma vue enivrée,
» Timides, effrayés, ne se détournent pas!
» Qu'une fois seulement tes lèvres caressantes
» Touchent, sans nul effroi, mes lèvres frémissantes!
» Ou bien, si ce bonheur est trop ambitieux,
» Près de moi porte au moins leurs parfums précieux!
» Ne tremble pas!.. un mot.. un regard de tendresse!..
» Cède à mes vœux brûlans, et je repars soudain!
» Vois!... mes plumes déjà tressaillent d'allégresse,
» Et préparent leur vol vers le séjour divin!

» Je pars!... mais que ta joue à la mienne s'unisse!

» (A ce moment d'erreur le Ciel doit pardonner!)

» Et l'instant qui va suivre entendra résonner

» La parole sacrée à mes ailes propice! »

Tandis que je parlais, la craintive Beauté,

De mon discours, de moi, d'elle-même effrayée,

Penchait son front tremblant, comme au souffle d'été,

Sur sa tige, une fleur se penche repliée.

Mais quand ma bouche, (hélas! fatal égarement!

Ma mémoire aujourd'hui trop bien se le rappelle);

Quand ma bouche l'eût dit ce mot,.. au même instant,

Ses traits, ses yeux baissés, son front se relevant,

Pleine des saints transports qui disaient trop qu'en elle

Son âme rayonnait d'une clarté nouvelle,

Elle cria : « Le mot! le mot!.. oui!.. maintenant!

» Et je te bénirai de ton amour fidèle! »

Ignorant ce qu'alors je faisais, enflammé,

Perdu déjà, ma bouche enivrée et brûlante,

D'un long baiser de feu, par l'amour animé,

Pressa le chaste front de ma perfide amante,

Et le magique mot fut enfin proclamé,

Mot que n'ouït jamais créature vivante!

A peine avais-je dit, que, ses lèvres, soudain,

Echo mystérieux, comme l'éclair rapides,

Sur mes lèvres, hélas! prenant le son divin,

Je la vis vers le ciel tendre ses mains avides!

Trois fois, du sacré son elle frappa les cieux!
C'était la Foi! son air et sa voix triomphante,
Lorsqu'entr'elle et Celui que demandent ses vœux,
Du Doute criminel, de la Crainte accablante
Elle n'aperçoit plus les voiles odieux,
De ce vallon de pleurs vapeur désespérante!
Tout son corps à l'instant resplendit à mes yeux!
Ses épaules s'ornant de clartés immortelles,
Déroulèrent soudain deux frémissantes ailes
Au plumage éclatant, brillantes comme celles
Qui ceignent du Très-Haut le trône glorieux!...
Tandis que son essor s'élevait sur ma tête,
A la douce lueur de la lune discrète,
Ses plumes scintillaient d'un reflet si divin,
Que mon œil reconnut la lumière d'Eden,
Lumière qu'ignorait la terrestre planète.
O sainte vision! Depuis le triste jour [9]
Où l'ardent Lucifer, en sa chute fatale,
Entraîna, pour jamais, dans la nuit infernale,
Le tiers des astres purs de l'éternel séjour,
Non, rien de si brillant encore, avant cette heure, [10]
Offrant, dans sa splendeur, la terrestre beauté,
Pour réparer ce deuil de gloire et de clarté,
N'avait porté son vol vers l'auguste demeure!
    Mais, avec calme, hélas! suivis-je son essor?
Ne prononçai-je pas, trois fois, le mot suprême

Qui devait, (ô bonheur trop grand pour le ciel même!)
Qui devait, cette nuit, nous réunir encor,
Rendre ses yeux, son âme, à mon délire extrême?...
Oui... je le répétai!... je le redis en vain!...
Je priai!... je pleurai!... mes prières, mes larmes,
Tout fut vain!... la parole, hélas! resta sans charmes!
Loin de moi, pour jamais, fuit son pouvoir divin!...
Quand je voulais tenter mon essor vers la nue,
Une pesante chaîne, une force inconnue
Arrêtait, malgré moi, mon effort impuissant!...
Mes ailes, sans vigueur, demeuraient immobiles!...
Comme elles l'ont été dès ce fatal instant;
Comme elles le seront!... à jamais inutiles!...
Ainsi le veut d'un Dieu le courroux éclatant!

A travers les clartés de la céleste plaine,
Je vis son vol chercher cette étoile lointaine,
Cette île qui brillait dans l'azur lumineux,
Dont si souvent, déjà, dans sa vive pensée,
Dans l'image d'un songe à son cœur retracée,
Elle avait visité l'empire glorieux,
Et qui, par les décrets de la Toute-Puissance,
Auguste Pureté, telle est ta récompense!
Devait être à jamais son séjour radieux!

Une fois...., n'est-ce point une illusion chère?
Tandis qu'elle volait vers cette belle sphère,
Au milieu des rayons de sa vive splendeur,

Je crus la voir, hélas! abaisser vers la terre,
Sur celui qu'entouraient et l'ombre et la misère,
Un triste et doux regard de pitié, de douleur!
Ah! dans le ciel, peut-être elle le plaint encore,
(Si quelque vain regret peut rester dans les cieux;)
Et lorsque sur ce monde elle tourne les yeux,
Elle songe à celui que le deuil y dévore!...

Mais, à mon œil bientôt la vision s'enfuit!
De plus en plus, au loin, son éclat s'affaiblit!...
Ce ne fut plus qu'un point dans l'immense carrière,
Comme ces points de feu dont l'horizon reluit,
Ces gouttes de clarté, cette vive lumière,
Qui, lorsque le soleil rend l'espace à la nuit,
De son urne épuisée échappe la dernière;
Et quand, enfin, son vol, ayant franchi le ciel,
Pénétra dans le sein de son astre immortel,
Lorsque ma vue enfin, affaiblie, épuisée,
De son aile eut saisi le dernier feu mourant,
La lumière du ciel, de l'amour, à l'instant,
Dans mon cœur, pour jamais, s'éteignit éclipsée!
J'oubliai, dès ce jour, que j'étais fils des cieux;
Je souillai de mon front le divin caractère;
J'abandonnai mon âme aux plaisirs de la terre,
Et devins... ce qu'hélas! je parais à vos yeux!

De honte, en ce moment, l'Ange inclina la tête;
Honte qui seule encore eût assez révélé,

Sans cet éclat du ciel, sans la flamme indiscrète,
Qui perçait dans la nuit dont son œil fut voilé,
De quel sommet tomba sa coupable défaite!
Sainte Honte! par toi, l'on ne peut oublier
La gloire dont un jour rayonna notre vie;
Et lorsque de nos fronts la Vertu s'est enfuie,
Ta rougeur montre au moins qu'elle dut y briller!...
Une fois seulement, quand s'épanchait son âme,
L'Ange déchu porta ses regards dans le ciel,
Vers l'astre, rayonnant d'une immortelle flamme,
Et de la pureté le séjour éternel!...
Un moment, sur ses feux il fixa sa paupière;
Bientôt, comme percé de quelques traits aigus,
Echappés du foyer de la vive lumière,
Il la baissa, frémit, et ne la leva plus!

Quel était le second de ces Esprits déchus?
Quel orgueil! quels regards! pour eux point de barrière!
On eût dit, quand des cieux il sondait la carrière,
Que ses regards de feu, dans le vide perdus,
Perçaient l'immense espace, au-delà des étoiles
Et de ces flots d'azur, impénétrables voiles,
Où reposent d'un Dieu les secrets inconnus!
Ses ailes, quand du jour s'éteignait la lumière,
Ses ailes qu'anima le vif éclat d'Eden,
De mille feux divers resplendissaient soudain,

Reste encore éclatant de sa splendeur première,
Jets vivans de clarté, sans cesse renaissans,
Et tellement encor divins, éblouissans,
Que, près d'eux, s'abaissait la mortelle paupière!
C'était Rubi! [11] les cieux le comptèrent, jadis,
Dans l'immortel essaim de ces brillans Esprits, [12]
Appelés dans les cieux Esprits de la Science,
Régnant sur le Penser, le Temps, l'Espace immense,
Après Dieu les seconds, Dieu dont les feux divins
Surpassent ceux dont luit le front des Séraphins,
Comme le jour la nuit, Dieu qui, par sa puissance,
Resplendit aussi loin de leurs essaims nombreux,
Que, loin des vagues bords où l'Infini commence,
Se balancent dans l'air les astres lumineux!
C'était Rubi, de qui les yeux mornes et sombres,
Autour de lui, lançaient des regards obscurcis;
Dont la voix doucement vibrait au sein des ombres,
Ainsi que les échos qui, du fond des décombres,
S'éveillent tout-à-coup, dès long-temps endormis;
Dont le sourire enfin, si le sourire, encore,
De ses traits glorieux éclaircissait la nuit,
Rappelait l'arc-en-ciel que la lune produit,
Beau, gracieux, mais pâle et triste météore!
Sur son orgueil, toujours indomptable au malheur,
Le chagrin répandit un voile de douceur;
Et bien que, par momens, son bouillant caractère

Frémît d'un fier dédain, s'embrasât de colère,
Ces éclairs ne brillaient que pour s'évanouir,
Pareils aux derniers feux d'un bûcher funéraire,
Qu'on voit jaillir encor, et s'éteindre et mourir.

Tel était cet Esprit qui rompit un silence
Que leur morne douleur prolongeait tristement,
Après que le premier, surmontant sa souffrance,
De sa chute fatale eût peint le châtiment;
Et, tandis que ses traits, d'une flamme divine,
Morte depuis long-temps, resplendissaient encor;
Que ses lèvres, ses yeux, son front, ses tresses d'or
Tombant comme les flots que le soir illumine,
Disaient aux yeux charmés sa céleste origine,
Au récit de ses maux son cœur donna l'essor.

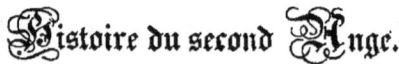

Histoire du second Ange.

Amis! il vous souvient de ce jour mémorable, [13]
Où, sous les frais berceaux que voyait naître Eden,
Celui dont tout ressent le pouvoir immuable,
Assembla des Esprits l'obéissant essaim?
C'était pour contempler la merveille naissante
Que voulait achever sa volonté puissante,

Avant que sur le monde il mît le sceau divin,
Couronnement du Tout, chef-d'œuvre de sa main,
Dont l'Homme, le Soleil, les Astres, l'Ange enfin
Ne pouvait égaler la beauté ravissante!
Quel moment enchanteur, alors que ses beaux yeux,
Au milieu des Esprits que charmait cette vue,
Pour la première fois, sur la terre et les cieux,
S'ouvrirent! quand, des cils de sa paupière émue,
S'échappa tout-à-coup cet éclat radieux
Qui répandit sur tout une vie inconnue;
Comme, au premier désir du Verbe lumineux,
La lumière éclaira la céleste étendue!

L'auriez-vous oublié ce rapide moment
Où le souffle de l'âme, à l'instant éveillée,
Par degrés, à nos yeux, animait doucement
Le corps de la Beauté, par un Dieu modelée?
D'un transparent éclat on voyait resplendir
Chaque forme, plus belle à mesure que l'âme
Y glissait les clartés de sa naissante flamme!
Chaque nouveau penser paraissait l'embellir!

Ainsi, pendant l'été, sur une onde tranquille,
De l'air brûlant du jour si l'on suit les progrès,
On le voit, caressant son miroir immobile,
Changer à chaque instant ses gracieux effets,
Et varier du ciel les rapides reflets.
Ou, telle encor du soir la lumière dorée,

D'un beau temple éclairant l'enceinte révérée,
Que de sombres vapeurs voilèrent tout le jour,
Vient, rayon par rayon, révéler tour-à-tour
Des beautés où de l'art brille partout la trace,
Et nous montrer enfin tout ce riant séjour,
Comme un modèle pur de splendeur et de grâce.

   Auriez-vous oublié sa charmante rougeur,
Lorsqu'admirant d'Eden les pompes enchantées,
Le tendre azur des cieux, les ondes argentées,
Tout-à-coup, à la voix du Verbe créateur,
Elle entendit, dans l'air, nos ailes agitées
S'éloigner tristement de ce lieu de bonheur?
Des derniers qui laissaient à regret cet asile,
Son regard rencontra l'angélique regard.
Moi-même, prolongeant malgré moi mon retard,
Devant ces traits divins je restais immobile.
De cet astre naissant, gracieux, enchanteur,
O souvenir fatal! depuis cette journée,
Le cruel avenir, la vie infortunée,
Comme d'un poids magique oppressèrent mon cœur!
Au milieu des devoirs de mon emploi céleste,
Des sentimens du cœur, des rêves de l'esprit,
Sa beauté, sa candeur et son destin funeste,
Me poursuivaient sans cesse et le jour et la nuit!...
Avec elle, bien plus, cette nombreuse race
Que mes regards voyaient naître dans l'avenir,

Sexe tendre, charmant, si doux, si plein de grâce,
De ses traits, de son cœur le vivant souvenir,
De pensers déchirans laissait en moi la trace!
Leurs formes, leur esprit, leurs âmes, leur beauté,
(O mystère profond de la divinité!)
Tourmentaient de mes vœux la curieuse audace.

C'était mon sort, hélas! dès les premiers instans
Où, suivant, enchanté, la trace de mes frères,
Je vis de la nature éclore le printemps,
Dans le sein parfumé de ces brillantes sphères,
Fleurs de feu, que d'un Dieu les souffles fécondans
Dans le céleste azur lancèrent les premières;
C'était mon sort, d'aller, sans cesse poursuivi
Par quelqu'œuvre sublime, admirable merveille,
Dans le monde naissant encore sans pareille,
Qui tenait pour un temps mon esprit asservi,
S'emparait de mon âme enchaînée, embrasée,
Et ne lui laissait plus un mot, une pensée,
Dont seule elle ne fût le thème favori!
Ce désir de savoir, cette soif indomptable,
Que, même en l'étanchant, on éveille encor plus,
Et qui devient ou joie, ou malheur effroyable,
Selon que l'onde est pure, ou les flots corrompus,
Ce désir tourmentait mon âme insatiable!
Je voulais tout sonder, tout découvrir, tout voir;
Je voulais, (quel que fût, pour mon âme ravie,

Le merveilleux objet de mon idolâtrie,)
Pénétrer ses effets, ses causes, son pouvoir,
Son but mystérieux, les sources de sa vie,
Comme si mes destins tenaient à le savoir!...

   O quelle vision, quand s'offrit à ma vue
De ces astres nouveaux le concours glorieux,
Quand je les vis briller, rouler dans l'étendue,
Comme des chars vivans préparés pour des Dieux!
Première passion! délices de mon âme!
La nuit, le jour, au gré de mes désirs puissans,
Je volais aux rayons de leur brûlante flamme :
Leur secrète influence emplissait tous mes sens!
Joie innocente! hélas! combien, sur cette terre,
Mon âme eût évité d'infortunes, de pleurs,
Si des plaisirs si purs l'eussent pu satisfaire,
Sans désirer encore, insatiable et fière,
Ce savoir qui produit le crime et les malheurs!
Bien des fois, (tant mon âme alors était brûlée
Du désir d'observer cette race étoilée!)
A l'aube renaissante, à l'heure du sommeil,
Suivant dans mon essor ces lignes radieuses
Qui joignent, fils brillans, les astres au soleil,
J'aimais à séparer leurs teintes merveilleuses!
De là, poussant mon vol vers des cieux plus lointains,
J'allais interroger ces astres solitaires,
Sentinelles de feu, que les décrets divins

Chargèrent de veiller sur ces plages dernières
Qui touchent du chaos les ténébreux confins.
Là, servant mes désirs, mes ailes, en silence,
Les suivaient à travers leur solitude immense,
Tandis qu'avec ardeur j'allais à chacun d'eux,
Demandant ses destins, ses sentimens, son âme,
Et désirant qu'alors sa pure et douce flamme
Se changeât en parole, et comblât tous mes vœux!

De ces orbes lointains, héritiers de l'espace,
Telle était mon ardeur à poursuivre la trace,
Que, bien souvent, craignant que, dans l'immensité,
A mes yeux n'échappât un rayon de clarté,
Pour visiter au loin quelqu'étoile brillante,
J'accompagnais le vol de la comète errante!
Et quels étaient alors mes transports et mes chants,
Quand, à mes yeux ravis, soudain de nouveaux mondes
De fraîcheur, de jeunesse encor resplendissans,
Brillaient comme au sortir des ténèbres profondes!!

Telle était de mon cœur la pure ambition,
Telle était, nuit et jour, mon innocente ivresse,
Avant que mes regards, funeste vision!
De ce monde eussent vu la pompe enchanteresse;
Avant que, dans ce jour fatal à mon destin,
Ils eussent vu cet Astre éclatant de jeunesse,
S'élever au milieu des belles fleurs d'Eden!
Tout fut changé, dès lors! un charme involontaire

Tourna mon cœur, mes sens, mes regards vers la terre,
Et celui qui, naguère, au vaste sein des cieux,
Pour son âme brûlante, infatigable et fière,
Trouvait bornée encor cette immense lumière,
Où roulent entassés des mondes radieux,
Chérissait maintenant l'herbe des sombres lieux
Où la femme imprimait une trace légère!
Oui, sur leur trône d'or, en vain resplendissaient
Ces idoles jadis à mon âme si chères;
En vain à mon oreille encor retentissaient
Les chants harmonieux de mes plus belles sphères;
Mes pensers, vers la terre, attentifs, caressans,
S'élançaient, malgré moi, de mon âme éperdue,
Comme l'ombre d'un mont s'abaisse sur les champs,
Tandis que son sommet rayonne dans la nue!

Ce n'était point encor la flamme de l'Amour,
Qui brûlait dans ses nœuds mon âme prisonnière;
C'était bien moins encor cette flamme grossière,
Autour de qui l'Amour vole et meurt sans retour;
C'était ce sentiment qui remplissait mon être,
Cette admiration qui transportait mon cœur
Devant l'œuvre divin du souffle créateur,
Mais plus brûlante encor, plus profonde peut-être!
C'était un feu puissant, mais errant, incertain,
Qui n'était ni l'amour, ni le désir encore,
Qui planait indécis, comme l'éclair lointain,

Sur le sexe enchanteur que l'homme heureux adore,
Mais qu'un tendre sourire, un doux regard, un mot,
Sur une de ces fleurs pouvait fixer bientôt!

Et puis, rien n'arrêtait ma curieuse envie,
Cette soif de savoir encore inassouvie!
Quels étaient les pensers de ces êtres charmans,
Leurs volages désirs, leurs divers sentimens?
Leurs traits s'animaient-ils d'une secrète flamme?
De ces yeux si brillans que pouvait être l'âme?
Semblables aux rayons qui vont du diamant
Allumer la splendeur dans le sein de la terre,
Leurs regards pouvaient-ils, dans le corps s'allumant,
Sur l'âme sans clarté répandre la lumière?
Tels étaient de mon cœur les désirs curieux,
Et plus j'étudiais cette race innocente,
Toujours faible, timide, et toujours triomphante,
Plus j'admirais, charmé, ce chef-d'œuvre des cieux!

J'avais vu la beauté de la première femme,
Naître parmi les fleurs de ce beau Paradis
Que le Verbe éternel avait créé jadis,
Pour voir ses yeux s'ouvrir et recevoir leur flamme;
J'avais vu les plus purs des immortels Esprits,
L'adorer dans les airs, et s'incliner sur elle,
Et l'homme!.. (ô feu jaloux dont mon cœur fut surpris!)
L'homme, seul possesseur de son amour fidèle!

De leur félicité je vis les courts instans;

Cette fatale erreur, fruit de la confiance ;
Cette facilité, cette prompte croyance
A tout ce que le cœur forme de vœux ardens ;
Cette foi dans les mots qu'exprime la tendresse,
Et qui du sexe encore égare la faiblesse ;
Et ce désir enfin, que je n'ose accuser,
Ce désir de savoir qui sut trop m'embraser,
Noble et fatale ardeur, présage de ruine,
Qui, bien que dans les cieux elle eût son origine,
S'égarant vers un but trop vivement cherché,
Sur moi, comme sur elle, attira le Péché !!
J'avais vu l'homme, armé de force et de prudence,
A ses premiers accens vers l'abîme emporté !
De sa froide raison l'inutile défense,
Comme un rempart de glace aux rayons de l'été,
S'était évanouie à sa douce éloquence !
Et malgré tout, encore, ô faiblesse du cœur !
Quoique égaré par elle et son pouvoir funeste,
Et pour elle chassé du Paradis terrestre,
(Avec elle, c'était encore le bonheur !)
Ne l'entendis-je pas, quand sa marche tremblante
Eut dépassé le seuil du fortuné séjour,
Qu'un sourire fatal lui ravit sans retour,
(Tant son cœur eut bientôt pardonné son amante !)
Ne l'entendis-je pas, quand son bras caressant
Pressait faible, craintive et presqu'évanouie,

Celle dont il reçut le Péché flétrissant,
La consoler encore, et l'appeler... sa vie!!... [14]
Tel fut le nom si doux par l'amour enseigné,
Et le premier que l'homme à son sort résigné,
Dans l'effroyable instant qu'il s'entendait maudire,
Donnait à la Beauté dont le funeste empire
L'exilant à jamais de son heureux berceau,
Pour premier don d'amour lui donnait... le tombeau!
Elle était devant lui, celle qui, sur la terre,
Par un moment d'erreur, amena le trépas!
De leur beau Paradis l'éclatante lumière
Se reflétait encor sur ses jeunes appas,
Et de ses blonds cheveux l'enveloppe folâtre,
Voilant avec amour ses épaules d'albâtre,
Descendait, onduleuse, à ses pieds délicats!
Ses pleurs, sa voix touchait! son charme était suprême!
La perte d'un objet et cher et précieux,
Elle eût tout racheté d'un regard de ses yeux,
Tout, excepté le deuil, la perte d'elle-même!...
Elle dont la présence, à l'époux enchanté
Semblait donner la vie et l'immortalité!

 Cet être merveilleux qu'entourait tant de charme,
Pouvais-je, hélas! le voir et ne pas l'admirer?
Quand chacun de ses traits, un sourire, une larme,
(Tant de ses dons le ciel se plut à la parer!)
Dans le bien, dans le mal, dans la peine ou la joie,

Reçut l'heureux pouvoir de bénir, d'égarer,
De guider vers le ciel ou dans la sombre voie!

On ne vit point le charme avec elle s'enfuir;
Dautres Eves bientôt sourirent à leur mère,
Faibles comme elle encor, comme elle sachant plaire,
Toujours sûres de l'homme empressé d'obéir,
De l'homme aveugle amant de leur moindre soupir,
Soit que leur voix dispense ou l'éloge ou le blâme,
Que leur dédain l'accable, ou leur amour l'enflamme;
Sachant comme elle, enfin, et sur l'âme et les sens
Régner par un sourire et de tendres accens;
Souveraines des cœurs, belles enchanteresses,
A qui le ciel sembla permettre que leurs mains
Réglassent à leur gré le monde et ses destins
Soumis à leur raison, ou bien à leurs faiblesses!

Dois-je vous dire, hélas! quelle fut mon ardeur
A chercher nuit et jour, en ce groupe enchanteur,
Celle que je brûlais de trouver, de connaître,
Belle fleur de son sexe et pour l'âme et les traits,
Que presserait mon cœur, dont je serais le maître,
Dont je saurais bientôt tous les pouvoirs secrets
Pour aimer à mon tour, pour séduire peut-être,
Et (si du ciel ainsi l'ordonnaient les décrets)
Pour perdre dans ses bras et ma gloire et mon être!...
Dont je pourrais enfin sonder l'âme et les sens,
Comme, dans le vallon, la diligente abeille

Pénètre dans le sein de la rose vermeille ;
Et savourer ainsi, dans leurs plus frais instans,
La vie et les parfums de cette fleur si belle,
Ses secrets sentimens et son âme mortelle !

    Ma prière, mes vœux furent donc entendus !...
(Car je la proférai cette ardente prière !...
Et quand des cœurs, hélas ! s'envolent les vertus,
Aux transports de la langue est-il une barrière ?)
Mais l'enfer ou le ciel les avait-il reçus ?...
Ecoutez... vous saurez cet horrible mystère !...

    De toutes les Beautés qui venaient à mes yeux,
Comme des visions briller et disparaître,
Une seule, (ô quel charme environnait son être !)
Fut digne d'enchaîner un jeune Ange des cieux !
A sa démarche noble, alors que sur la terre
Son pied léger volait sans presque la toucher,
On eût dit que le ciel la créa pour marcher
Sur le pur élément d'une éclatante sphère,
Et fouler, en marchant, sous ses pas gracieux,
De l'empire du ciel les astres glorieux !
Ah ! ce qui m'entraînait vers cet être adorable,
Ce n'était pas encor le charme inexprimable
De ces lèvres de rose, empreintes de fraîcheur,
Dont chaque douce hâleine eût donné le bonheur ;
Cette rougeur folâtre, éclair de la pensée,
Si vive par momens, et si vîte passée ;

Ces yeux qui, s'embrasant des flammes du courroux,
Aux mortels effrayés semblaient la flamme même,
Et qu'un mot de tendresse, ô puissance suprême!
Rendait au même instant si tendres et si doux,
Que, pareils au phénix à son heure dernière,
Ils paraissaient se fondre en leur propre lumière;
Cette taille flexible ainsi que les rameaux
Que le jeune printemps pare de fleurs nouvelles;
Ces formes, au regard, plus rondes et plus belles
Que les fruits dont l'été décore les coteaux;
Non, ce n'était pas seul ce charme, cette grâce
Qui de la jeune vierge accompagnait la trace,
Bien que le riche excès de sa rare beauté,
De mille autres encore eût paré la fierté :
C'était l'âme, éclairant, animant tout son être,
L'âme, faisant briller chacun de ses appas,
Les ornant de ses feux, et n'en dépendant pas,
Ainsi que le soleil, dont la flamme pénètre
Ces familles de fleurs qui s'offrent à nos yeux,
Et qui serait encore astre pur, radieux,
Quand bien même ces fleurs n'eussent jamais dû naître;
C'était ce tout parfait, en elle réuni,
Cette voix, ce regard, ce sourire, ces grâces,
Qui donnent à la vierge un pouvoir infini,
Au printemps de la vie, avant que de ses glaces
L'impitoyable Temps l'ait encore terni;

Brillante fusion, récente encore, où l'âme,
Sur des appas empreints de trop de volupté,
Et peut-être embellis d'une trop douce flamme,
Offrait partout le sceau de la divinité;
C'était ce bel accord, ce merveilleux mélange
De fierté, d'abandon, de gaîté, de grandeur,
De finesse d'esprit, de naïve candeur,
Qui formaient son essence et l'essence d'un Ange;
C'était ce qui charmait, qui dominait mon cœur,
Qui l'emplissait d'ivresse, et m'entraînait vers elle,
Céleste comme moi, créature immortelle,
Fille du Paradis, ma rayonnante sœur,
Dont, je le sentais bien, la brûlante tendresse,
Ferait seule à mon cœur goûter tous les plaisirs,
Tout ce qui sur la terre allume les désirs,
Tout ce que dans les cieux l'âme poursuit sans cesse!
    Eussions-nous!.. mais, hélas!.. oui, je dois le finir..
Ecoutez ce récit!... malgré la peine amère
Qu'éveille dans mon cœur ce triste souvenir...,
Semblable au dard cruel qu'une main trop sévère
Agite dans la plaie et la force à s'ouvrir!
Suivez parmi des fleurs ma trace criminelle;
Suivez mes pas qu'embaume un perfide bonheur!...
Il cachait à mes yeux la sombre profondeur
Où périrent, hélas! et l'Ange et la Mortelle!...
    Depuis l'instant fatal où je vis sa beauté,

Je ne la quittais plus, mais, sans être vu d'elle,
Sur ses appas, la nuit, laissant planer mon aile,
Et, le jour, la suivant dans l'asyle écarté
Où venait méditer son âme tendre et belle!...
Dans cette âme, bientôt mes regards enchantés
Virent d'un pur éclat briller chaque pensée,
Comme dans l'eau limpide, où la vue est penchée,
Se montrent tour-à-tour des cailloux argentés.
Là, parmi tant d'objets qui, dans les jeunes âmes,
Entretiennent, vivans, leurs immortelles flammes;
Parmi ces vœux errans, ces doux songes d'amour,
Ces désirs sans objet, illusions d'un jour;
Parmi l'essaim léger d'espérances ailées,
Dociles aux soupirs qui les ont appelées;
Parmi ces ris joyeux, teints de fraîches couleurs,
Qui, comme l'arc-en-ciel, se fondent dans les pleurs;
Parmi ces passions, de pensers purs voilées,
Ainsi que des serpens sous le voile des fleurs;
Parmi ces sentimens, connus des jeunes cœurs,
Tant qu'au souffle d'amour ils palpitent encore,
J'entrevis des pensers, nobles, ambitieux,
Pénétrant l'avenir qu'un jour douteux colore,
Et des créations au vol audacieux,
Se jouant librement jusqu'aux portes des cieux,
Comme l'aigle qui part aux rayons de l'aurore;
Je découvris enfin... oh! quel espoir flatteur

Pour l'art insidieux de l'Esprit tentateur!
Une soif de savoir, une soif si brûlante,
Que nulle autre Beauté, jamais, aussi brillante,
Ne nourrit, avant elle, une si vive ardeur;
Depuis le jour à l'homme, à la terre funeste,
Où, contemplant les fruits d'un asyle enchanté,
Pouvant tous les cueillir, tous, un seul excepté,
Eve aima mieux encor perdre, hélas! tout le reste,
Que d'ignorer d'un seul le pouvoir redouté!

Ce fut dans son sommeil, à l'heure des doux songes,
Que je soumis son cœur à mes puissans mensonges;
Durant ce crépuscule où repose l'esprit,
Lorsque de la raison la lumière tremblante,
Sous le voile des sens à moitié s'obscurcit,
Et dore faiblement les images qu'enfante
L'imagination par qui tout s'embellit.
C'était à la faveur de cette douce teinte,
Que j'offris à ses yeux de vagues visions,
D'éclatantes lueurs, de rapides rayons,
Les nombreuses erreurs d'un brillant labyrinthe,
Des aspects terminés par des déserts profonds,
De fortunés séjours qui s'ouvrant devant elle,
Rayonnaient, s'éclipsaient, ne laissaient plus rien voir,
Ce qui pouvait, enfin, tenter l'avide Espoir,
Sans permettre, un moment, qu'il y posât son aile;
Tandis qu'à son insçu, moi, près d'elle, enchanté,

Aussi pur que des nuits l'astre au disque argenté,
L'occupant de moi seul, présent dans tous ses songes,
Abusant son esprit de séduisans mensonges,
A ses brûlans désirs, immortel Enchanteur,
Je donnais, tour-à-tour, enlevais l'espérance,
Je disais : « Vois ce monde éclatant de splendeur. »
Et, sous un voile épais, soudain, par ma puissance,
J'en dérobais la vue à son avide ardeur!

   Enfin, je vis bientôt sa brûlante pensée,
Et la nuit et le jour, incessamment fixée
Sur les illusions que j'offrais à ses yeux,
Et sur moi, plus encore, être mystérieux
Dont la forme divine, adoucissant sa flamme,
S'offrait, disparaissait, et revenait encor,
Mais voilée à demi par un nuage d'or,
Pour attiser le feu qui tourmentait son âme.
De magiques effets, un prestige vainqueur,
En exaltant ses sens, m'avait soumis son cœur!...
Un soir, je contemplais son image chérie,
Au lieu qu'à la prière elle avait consacré :
C'était un saint asyle, avec art décoré,
Grotte mystérieuse et d'albâtre enrichie,
Au-dessous d'un jardin de mille fleurs paré.
La brillante lueur des lampes invisibles
Répandait dans l'enceinte un jour religieux,
Semblable à ces clartés secrètes et paisibles

Dont l'âme inaperçue orne des traits heureux.
Là, tandis qu'à l'autel elle était prosternée,
Sentant tout ce qu'éprouve en son cœur éperdu ;
La femme que le ciel appelle à la vertu,
Et que l'homme réclame, à sa voix entraînée ;
Tandis qu'en son accent, dans son geste, en ses yeux,
S'arrêtait, en suspens, la brûlante pensée,
Comme en un jour d'été la nue est balancée,
Incertaine, au milieu de la terre et des cieux ;
Trop pure pour tomber, pour monter trop grossière ;
Tandis qu'enfin, autour, cette douce lumière
Jetait, s'éloignant d'elle, un jour faible et douteux,
Comme si de son front partaient les premiers feux ;
Je l'entendis ainsi m'adresser sa prière :

« Idole de mes nuits, qu'en mes rêves je voi !
» Qui que tu sois, enfin ; mortelle Créature,
» Ange, ou bien demi-Dieu ! d'une essence trop pure,
» Trop belle encor, hélas ! pour jamais être à moi !

» O merveilleux Esprit ! toi qui, par tes mensonges,
» A mes sens enchantés rends si doux le sommeil
» Qu'il semble que la vie expire à mon réveil,
» Depuis que le ciel même est présent dans mes songes !

» Pourquoi dois-je te voir et te perdre toujours?
» Lorsque j'admire, hélas! ta grâce et ta puissance,
» De ce voile pourquoi l'importune présence?
» Pour l'ôter un instant, je donnerais mes jours!

» Avant que j'eusse vu ton image brillante,
» Avant que ton pouvoir m'étalât sa splendeur,
» D'une soif de clarté je ressentais l'ardeur;
» Tes regards l'ont changée en passion brûlante!

» Sous la terre et les mers il n'est rien d'éclatant,
» Au-dessus de ce globe, à la voûte céleste,
» Rien que veuille ignorer ce cœur, ce cœur ardent,
» Et toi surtout, oui, toi, bien moins que tout le reste!

» Viens donc, Être divin! laisse-moi t'admirer
» Hors du voile jaloux qui ternit ta richesse,
» Soit qu'immortel Esprit, je doive t'adorer,
» Soit que, mortel, ton cœur préfère ma tendresse!

» Viens! mais porte avec toi tes prodiges, tes feux!
» Que mon œil éveillé te connaisse, te voie!...
» Ou bien, emporte-moi dans ta sphère!.. en tes cieux!..
» Ou bien.. Oui.. là!.. là même!.. ensemble!.. quelle joie!..

» Démon ou Dieu puissant! toi qui, devant tes yeux,

» Portes sans cesse ouvert le Livre de Science,

» Permets un seul regard à mon impatience,

» Que je lise!.. et soudain, mon cœur mourra joyeux!

» Par tes ailes d'azur, dont la marche est tracée

» A travers les splendeurs d'un magique élément

» Si plein d'âme et de feu, que chaque mouvement

» Autour d'elles soudain éveille une pensée;

» Par ces divins cheveux, dont naguères encor

» Le vent du Paradis, haleine fortunée,

» Aimait à caresser les longues tresses d'or,

» Où des plus doux parfums l'essence est imprégnée;

» Par ces brûlans regards où vit la passion,

» Qui jusqu'au fond des cœurs font pénétrer leur flamme!

» Comme, au soleil couchant, un rapide rayon

» Pénètre dans les flots dont il embrase l'âme;

» Je t'implore, Être pur! satisfais à mes vœux!

» A mes yeux enchantés, daigne, ô daigne paraître!

» Cette nuit!.. seulement!.. laisse-moi te connaître!..

» Cette nuit!.. ce bonheur!.. c'est tout ce que je veux! »

A ces mots exhalés de sa lèvre brûlante,
Aux marches de l'autel, sans force, haletante,
Elle laisse tomber son front languissamment,
Comme si dans son cœur mourait le sentiment;
Mais bientôt effrayée au bruit de mon haleine,
Qui répondait près d'elle à ses ardens soupirs,
Elle lève son front, et sa vue incertaine
Voit briller sur l'autel l'objet de ses désirs!...
Mes traits ne gardaient plus la divine lumière
Que des songes la nuit faisaient luire à ses yeux,
Mais un éclat encor plus doux, plus gracieux
Que n'offre d'un mortel la beauté tendre et fière.
Ma couronne de fleurs, trop vive pour la terre,
Demeura suspendue aux célestes lambris;
Mes ailes imitaient les drapeaux de la guerre,
Dont un moment la paix a fixé les longs plis,
Quand un moment s'endort leur pompe militaire,
Ou plutôt rappelaient ces voiles vaporeux
Qui cachent des éclairs la flamme éblouissante,
Pour ne pas éclipser la lumière naissante
Dont brille à son lever un astre radieux :
Tout, dans mon être, enfin, aimable, gracieux,
Disait le noble époux d'une mortelle amante!
L'amour, dans mes regards, était égal au sien;
Mon cœur passionné rendait flamme pour flamme;
Sa faute, son délire, hélas! était le mien,

Et, dans l'égarement de cette heure, mon âme,
Pour répondre aux désirs de son avide ardeur,
O criminel oubli! perdit plus de splendeur
Que du ciel apaisé la suprême puissance
N'en pourrait redonner à ma divine essence!...
Et cette heure pourtant!...

               Il s'arrête soudain,
Comme si, tout-à-coup, trop faibles, trop timides,
Les mots cédaient aux flots de ses pensers rapides,
Ainsi que, bien des fois, d'un Barde au chant divin,
Ne pouvant seconder les élans intrépides,
Les cordes tout-à-coup se brisent sous sa main.
Et ses doigts s'appuyaient sur sa tête penchée!
Et l'on voyait assez quel souvenir lointain
Se réveillait, brûlant, dans sa vive pensée!...
Tout s'apaisa bientôt!... ce réveil passager
D'un feu, depuis long-temps assoupi dans son âme,
Ces restes fugitifs d'une trop vive flamme
Pour en craindre jamais le funeste danger,
S'éteignirent... Tourné vers le triste auditoire,
Le jeune Ange, en ces mots, acheva son histoire :

   Les jours, les mois couraient!.. cet objet de mes vœux
Pour qui j'avais le plus soupiré sur la terre,
J'en jouissais enfin!... eh bien!... étais-je heureux?...
O grand Dieu! tu le sais, toi de qui l'œil sévère,
Pénétrant les replis du coupable pécheur,

Malgré son vain orgueil, sa feinte mensongère,
Sous un charmant sourire aperçoit la douleur!
Ce bonheur... ce n'était qu'une angoisse éternelle
Qu'irritaient encor plus les charmes de l'amour,
Et qui de nos transports, partout, la nuit, le jour,
Partageait les douceurs, cruellement fidèle,
Semblable à ces clartés qui viennent des Enfers,
Effroyables vapeurs qui souillent la lumière
Que, dans le Purgatoire où vont tomber leurs fers,
Fait briller aux pécheurs la céleste carrière!
L'unique sentiment qui, dans mon triste cœur,
De la joie un moment présentât l'apparence,
Ou plutôt le seul calme à ma longue souffrance,
C'était de voir Lilis brillante de fraîcheur,
Belle comme le jour qui l'offrit à ma vue!...
Source pure d'où vint pour moi tout mon malheur!...
Pour qui seule mon âme, hélas! s'était perdue!...
Que j'adorais encore avec la même ardeur!...
L'aimer, l'idolâtrer, rendre heureuse sa vie,
Réfléchir sur son front et pur et gracieux,
Les rayons obscurcis qui me venaient des cieux,
Reste d'une splendeur à mon âme ravie;
Dans son âme moi seul répandre ma clarté;
Voir ma Lilis aimer jusqu'à mon ombre même;
Je l'avoûrai, c'était la volupté suprême,
Mais le dernier éclair de ma félicité!...

Elle était fière aussi!... créature brillante!...
Ces nobles sentimens d'empire, de grandeur,
Que la femme orgueilleuse entretient dans son cœur,
N'étaient rien près de ceux de son âme brûlante!...
Et jamais de son front l'éclatante beauté
Ne courba que devant la Puissance éternelle :
Tant de son Chérubin la tendresse fidèle
Paraissait d'un haut prix à sa juste fierté!
  Et cette passion, hélas! si dévorante,
(A laquelle parfois le cédait son amour)
De voir ce que les cieux, ce que la terre enfante,
Ce désir dans son sein croissait de jour en jour!
Les prodiges que Dieu dépouilla du mystère,
Seuls ne pouvaient remplir sa vaste avidité;
Elle eût voulu percer dans le sein de la terre,
Et voir ce qu'il cacha dans son obscurité!
Et moi, trop faible amant, de sa soif insensée
J'essayais chaque jour de contenter l'ardeur,
Et j'offrais aux regards de sa vive pensée
Des mondes merveilleux, spectacles de grandeur,
Dont jamais jusqu'alors la magique splendeur
Aux regards des mortels ne s'était présentée!
Dans les flancs de la terre, au sein profond des mers,
Dans ces antres brûlés de flammes éternelles,
Sur la cime des monts, au vaste champ des airs,
Partout où le mystère a déployé ses ailes,

Nous y volions ensemble! auprès de nous, l'Amour
Sans cesse accompagnait nos traces vagabondes,
Et, dans chaque élément, sur la terre ou les ondes,
Partout s'offraient à lui des vœux purs, un séjour!

   Pour la première fois, la féconde,Nature
Apprit à déposer aux pieds de la Beauté
L'éclat de ses trésors et leur diversité,
Et lui dit : « Prends, choisis, brillante créature! »
Pour la première fois alors, le diamant, [15]
Pareil au vif regard dans une nuit profonde,
De l'asyle où ses feux dormirent longuement,
Vint, à ces frais appas que voit régner le monde,
Prêter de ses rayons le superbe ornement.
La perle alors quittant sa retraite écailleuse,
Où jamais du soleil ne perça la clarté,
(Semblable à quelque Esprit qu'une loi rigoureuse
Renferma dans la nuit d'un asyle enchanté)
De sa prison la perle enfin fut affranchie,
Et vint, entrelaçant le cou de la Beauté,
Répandre sur ses traits sa flamme réfléchie,
Et briller à son tour d'un éclat emprunté.
Quel que fût du moment l'ambitieux mobile,
Quelle vierge a-t-on vue oublier, une fois,
De son sexe orgueilleux l'auxiliaire utile,
Ces rares ornemens dont le goût a fait choix,
Dont l'invincible aimant soumet l'homme à ses lois,

Et qui rendent encor son charme plus facile?
Aussi, rien d'éclatant, de beau, de merveilleux,
Dans le domaine au moins de mon aile rapide,
Dans l'abyme des mers, dans l'empire des cieux,
Ne pouvait se soustraire à ma recherche avide,
Pour peu que de Lilis il excitât les vœux;
Et lorsqu'un soir, ses yeux admiraient en silence
A la voûte azurée un astre rayonner,
Je lui dis : « Du désir redoute la puissance!
» Cet astre, mon amour ne peut te le donner! »

   Ces visibles trésors, ces merveilles sans nombre,
Qu'on voit de la nature environner le sein;
Ces vivantes clartés dont le nombreux essaim
De ce monde enchanté fait disparaître l'ombre,
N'étaient pas de ses vœux le but, l'unique fin;
Elle brûlait encor de percer, de connaître
Tout ce que l'œil mortel ne peut apercevoir,
Tout ce que le Destin plaça loin de son être,
Et qui seul peut soi-même en tout se concevoir:
Le mystère qui veille à la source éternelle
D'où le souffle de vie émane incessamment,
Soit qu'il anime l'Ange, ou la race mortelle,
La fleur aux doux parfums, l'astre au foyer brûlant;
Du tout-puissant Esprit les merveilleux ouvrages,
Lorsque, sur le chaos, pour la première fois,
De ce monde naissant il traça de ses doigts

Les bornes, les contours, les diverses images,
Et que, dans ces déserts où fut l'obscurité,
Il en vit, par degrés, grandir la forme heureuse,
Comme on voit, par degrés, dans la nue orageuse,
Sortir de l'arc-en-ciel la pompeuse beauté;
Le paternel amour, l'alliance sacrée
Que le Seigneur un jour à l'Homme avait jurée;
Les chaînes du Destin dont il l'environna,
Dont son Eternité s'est soi-même entourée,
Jusqu'au jour où sa tâche enfin s'achèvera;
Jusqu'au jour où, produit du Péché, de la Peine,
Du Mal naîtra le Bien, de la Haine l'Amour;
Jusqu'au jour où, du Sort brisant la dure chaîne,
Tout reviendra brillant et libre sans retour!

  Tels étaient les secrets, les mystères sublimes
D'obscurité, d'éclat, vastes, profonds abymes
Où ses brûlans désirs osèrent pénétrer,
Autant que peut s'étendre une mortelle vue,
Et que d'un Chérubin la puissance déchue
Pouvait guider ses pas, et ne point l'égarer.
Se nourrissant l'esprit de ce savoir céleste,
Mêlant au pur éclat du céleste séjour
L'éclat faux qu'à son cœur, dans un prisme funeste,
L'imagination présentait chaque jour,
La jeune enthousiaste, ainsi qu'une inspirée,
D'une race ignorante émouvait tous les sens,

Et laissant des autels l'enceinte irrévérée,
Ils couraient de la vierge écouter les accens,
Et fixer leurs regards sur sa bouche adorée!
Sa parole était vague et ses discours obscurs;
Et pourtant, au travers de ces reflets impurs,
De ces fausses vapeurs qu'au gré de sa puissance,
L'imagination revêtait d'existence,
D'un culte pur et vrai quelques rayons épars
Vinrent de l'idolâtre éblouir les regards;
S'ils n'éveillèrent pas sa stupide ignorance,
Le monde en tressaillit du moins, de toutes parts.
Plus d'une vérité, d'un sublime mystère, [16]
Que Dieu voulait cacher à l'esprit des mortels,
Jusqu'aux temps qu'ont fixés les décrets éternels,
Des discours de la vierge échappa sur la terre,
Faibles avant-coureurs, avis surnaturels,
Annonçant du Sauveur le règne salutaire!
Telle est cette lueur, crépuscule incertain, [17]
Partant du cercle où l'Astre éclaire son chemin,
Dont l'orient douteux un moment se colore,
Avant que brille au ciel la véritable aurore.
  Ainsi coulaient pour nous les heures de bonheur!...
Mais pour elle surtout, de qui l'âme enivrée,
Sur ce mobile globe, en la plaine éthérée,
Ne voyait que science et qu'amoureuse ardeur!...
Dont toute l'existence, à l'amour consacrée,

En moi ne voyait plus qu'un soleil glorieux,
L'Esprit des eaux, l'Esprit du ciel et de la terre,
Versant, inépuisable, un éclat salutaire,
Eclat dont l'influence, éprouvée en tous lieux,
Du cœur de sa Lilis, centre de sa lumière,
S'étendait aux confins d'un monde merveilleux!
Tandis que la raison ne tenant plus les rênes,
La jeune vierge ainsi parcourait l'univers,
L'imagination s'élançant dans les airs,
Du terrestre séjour abandonnait les plaines,
Et poussée, en son vol, par d'heureuses haleines,
Déjà, pleine d'orgueil, voyait les cieux ouverts!

    Heureux enthousiasme! oui, ma bouche l'assure,
Malgré le froid mortel dont frémissait mon cœur,
Malgré ce sentiment d'une double douleur,
Qui connaît l'existence et passée et future,
Qui sait qu'hier, demain sont des jours de malheur,
Enveloppés tous deux d'une sombre parure;
Oui, malgré tout encor, j'eusse oublié mes maux,
En voyant le bonheur d'une amante si chère,
Ou bien, si pour jamais fuyaient oubli, repos,
J'aurais, sans murmurer, supporté ma misère!...
Quand parfois (ce penser me faisait frissonner)
Le souvenir d'un Dieu courroucé par mon crime,
D'un Dieu que, même avant de tomber dans l'abyme,
Je savais ne devoir jamais me pardonner,

Venait me déchirer, criminelle victime,
D'angoisses que l'esprit ne peut imaginer,
Torture réservée aux Esprits de Science,
Pour qui rien n'est caché, ne peut être inconnu,
Et qui seuls (il n'est point de plus vive souffrance)
Connaissent, en tombant, chérissent la vertu...
Alors, oui, même alors, sa présence adorée
Pouvait calmer encor mon âme déchirée,
Me rendre l'existence et presque le bonheur!...
Si du bonheur jamais la trop rapide fleur,
Sur une tige amère ici-bas s'est montrée!...
Alors même, à mon cœur, son sourire puissant
Ramenait non la paix, mais la douce lumière,
Semblable au pur rayon de l'astre au front d'argent,
Qui reluit sur les flots d'une mer sombre et fière,
Sans pouvoir apaiser son trouble frémissant!
Souvent aussi, souvent cette accablante crainte
Qu'éprouvent les mortels qu'Amour sut enflammer,
De voir un jour la mort, l'affreuse mort empreinte
Sur les traits gracieux qu'il est si doux d'aimer,
Cette crainte, près d'elle, accourait m'alarmer!...
Effroyable penser qui rend sombres les heures
Qu'au rapide plaisir consacre le mortel;
Qui sans cesse le suit dans ses tristes demeures,
Et mêle à son bonheur l'amertume du fiel;
Qui, par un désolant et lugubre présage,

Sur les dons les plus purs et les plus éclatans
Répand du noir trépas le funèbre nuage,
Flétrit à son matin la fraîcheur du jeune âge,
Et creuse le tombeau sous les pas des amans!
Hélas! cette pensée à tous les cœurs cruelle,
L'était bien plus encore à mon cœur déchiré!...
Mon existence à moi devait être immortelle,
Et ma Lilis!... un jour, mon œil désespéré
Devait en vain chercher son image fidèle...
Comme l'œil cherche en vain sur la mer égaré,
La neige qui du ciel tombait hier sur elle!...
Le sceau que le Trépas vient enfin apposer
Aux longs malheurs que l'homme éprouve sur la terre,
Il devait à mes maux, hélas! le refuser!...
Je ne pouvais mourir!... l'éternelle misère
Devait flétrir mon cœur et ne jamais l'user!...
Eh bien! ces noirs pensers, mon effroi, ma tristesse,
(Jamais lien d'amour n'unit plus doucement
Le cœur avec le cœur, l'épouse avec l'amant)
Cédait au charme heureux d'une seule caresse!
Devant ses doux regards les ombres semblaient fuir,
Ou d'un éclat nouveau tout-à-coup resplendir!
Sa pure haleine avait une fraîcheur de vie
Qui semblait de la mort braver le vent jaloux;
Et sa voix!... qui doutait que des accens si doux
Ne dussent à jamais, céleste mélodie,

Des astres immortels égaler l'harmonie,
Ne dussent de la mort apaiser le courroux?...
Ses lèvres, quand s'ouvrait cette rose charmante,
Faisaient briller la vie à mes yeux enchantés,
Celle qui dans les fruits du bel Eden fermente,
Lorsque de sa rosée il les a fécondés;
Et de leur charme enfin tel fut sur moi l'empire,
Qu'en elles sachant bien que tout était mortel,
A force de bonheur et d'amour, mon délire
Crut les voir s'animer de la flamme du ciel!

Mais il n'est point, hélas! il n'est point en ce monde
Pour le cœur criminel de durable bonheur!...
Elle devait tomber dans cette nuit profonde.
Où l'avait entraînée un Ange suborneur!
Fatale obscurité, dont l'enveloppe immonde
De l'ombre de la mort entoure le pécheur!...
Son regard n'en pouvait percer la profondeur,
Ni fuir l'affreux destin qu'elle apporte avec elle!...
Ecoutez!... s'il vous reste encore quelques pleurs,
Pleurez sur moi, pleurez sur ma peine éternelle!...

C'était... fatal moment! c'était le soir d'un jour
Qui s'écoula pour nous en doux rêves d'amour,
Dans ce même jardin où, repliant mon aile
Dont l'éclat eût blessé les yeux d'une mortelle,
Laissant mon diadème au céleste séjour,
Pour la première fois je parus devant elle,

Et me vis (doux transports! pure félicité!
Souvenir que le mal ne fait pas disparaître!)
Et me vis adoré comme un Dieu devait l'être,
Chéri comme un mortel ne l'a jamais été!
Près l'un de l'autre assis, à cette même place,
Pensifs, nous suspendions nos discours; ses beaux yeux
Parcouraient lentement tout le céleste espace,
Et ses pensers brillaient sur son front radieux!...
C'était une soirée éblouissante et pure,
Et jamais de plus doux, de plus tendres reflets
Ne rougirent les champs, les ondes, les bosquets;
Le ciel semblait sourire à toute la nature,
Comme si du Malheur la redoutable injure,
A cette heure, avait dû suspendre ses effets!
Pourtant, il m'en souvient, cette scène attrayante
Eveilla dans nos cœurs un triste sentiment,
Et ma chère Lilis, si jeune, si riante,
En comprit, comme moi, le solennel moment!
Non-seulement son âme, en cette paix profonde,
Crut voir fuir à jamais la lumière féconde,
Mais ce Monde lui-même et s'éteindre et mourir;
Tout ce qui fut brillant et beau s'évanouir;
Pour la dernière fois luire l'Astre du monde,
Et la Nature enfin rendre un dernier soupir!...

Mais bientôt, comme si dans son cœur balancée
S'éveillait tout-à-coup quelque vive pensée,

Semblable au jeune oiseau qu'en ses rêves d'amour
Vient surprendre en son nid le premier feu du jour,
Elle tourna sur moi cet œil noir, plein de flamme,
Qui, dans l'étonnement, la joie ou le courroux,
Semblait s'ouvrir encor plus terrible ou plus doux,
Pour laisser échapper plus de vie et plus d'âme;
Et tendrement sa main sur mon front s'appuyant,
Sa bouche aux doux parfums me dit en souriant :

« Cette nuit je voyais ton image chérie,
» Et mon rêve égalait ces rêves gracieux
» Qui, préludes divins d'une tendre harmonie,
» Venaient avant qu'un Ange eût fui pour moi les cieux.

» Une guirlande ornait ta tête éblouissante :
» Des astres radieux c'était le feu mouvant,
» Et ton aile aujourd'hui sans éclat, languissante,
» Autour de toi jouait, météore vivant!

» Tout glorieux, ainsi qu'en ces nuits adorées,
» Debout, tu commandais le respect et l'amour;
» De ton corps émanaient des flammes épurées,
» Comme un parfum des fleurs au déclin d'un beau jour.

» Tout-à-coup, me sentant par un charme attirée,
» Et placée un moment sur ton cœur amoureux,
» Il me sembla qu'alors j'étais comme entourée
» De rayons jaillissant de ton corps lumineux!

» Tandis que me pressait une main caressante,
» De ta flamme à l'instant s'embrasa tout mon sein,
» Et tout mon être alors, ô douceur enivrante!
» Me parut, comme toi, tout Esprit, tout divin!

» Pourquoi cette merveille en un rêve apparue,
» Si je dois, au réveil, la perdre avec le jour?
» Et quand pourrai-je enfin, glorieuse, éperdue,
» Voir mon Ange briller comme au divin séjour?

» Quand sera-t-il permis à mon âme éveillée
» De contempler ton front, tes charmes si parfaits,
» De presser dans mes bras ta beauté dépouillée
» Des terrestres vapeurs qui m'en cachent les traits?

» Oh! pour moi quel orgueil, quelle gloire de dire:
» Cet Ange gracieux, cet être aérien,

5

» Ce Chérubin puissant, qui, plein de son délire,
» Descend du haut des cieux, c'est le mien! c'est le mien!

» Penses-tu, si Lilis tenait ici ta place,
» Immortelle, quittant le céleste Palais,
» Penses-tu que Lilis te cachât une grâce,
» Et voulût te voiler l'image de ses traits?

» Non, non; et si ton cœur sait aimer comme j'aime,
» Parais à mes regards, ô jeune Esprit du ciel!
» Parais dans tout l'éclat de ta grandeur suprême;
» Ne crains pas qu'à ma vue il puisse être mortel!

» Mon regard trop souvent, de ton regard de flamme,
» Animé par l'amour a soutenu l'ardeur;
» Des astres trop souvent se rapprocha mon âme
» Pour craindre de ton front la superbe splendeur!

» Ne doute plus de moi.. non. Qui sait?.. qui m'assure
» Que ce rêve étonnant ne va pas s'accomplir,
» Que mon être, abreuvé de ta lumière pure,
» Tout divin, comme toi ne va pas resplendir?

» Une fois seulement, de ton aile étendue

» Laisse-moi ressentir les feux éblouissans ;

» L'orgueil fera changer ma nature éperdue ;

» Ton seul toucher soudain déifira mes sens ! »

Ainsi parla la Vierge, et comme une mortelle

Qui d'un homme ou d'un Dieu n'eut jamais un refus ;

Qui voit tout ici-bas s'inclinant devant elle

Sentir de sa beauté les charmes absolus ;

Qui, ne pouvant au ciel s'élever sur son aile,

Eût voulu voir les cieux à sa voix descendus !

Hélas ! nous étions loin, elle, et moi plus encore,

Moi dont l'essence alors ne plongeant qu'à demi

Au gouffre du Péché qui m'a tout englouti,

Ressemblait à ce globe où rayonne l'aurore,

Et qui tourne, à moitié dans l'ombre enseveli ;

Nous étions loin tous deux de prévoir quelle issue,

Quel effroyable sort !... Comment trouver des mots ?...

Ah ! vous les présenter ces fidèles tableaux,

C'est encore une fois en effrayer ma vue !...

Mais, chargé comme il l'est d'un chagrin qui le tue,

Mon cœur se brisera, s'il n'épanche ses maux !

D'abord, je l'avoûrai, dans ma vive pensée

S'éveilla malgré moi quelque pressentiment,

D'un danger inconnu vague avertissement,

Soit que moi-même, ou seule elle en fût menacée :
D'un orgueilleux désir funeste châtiment!...
Mais ces craintes bientôt loin de moi s'envolèrent,
Et nuls doutes, dès lors, nuls retards n'empêchèrent
Que dans tout mon éclat je parusse à ses yeux.
Bien qu'au premier aspect, cette gloire des cieux,
Se révélant soudain, rayonnante, inconnue,
Dût frapper d'épouvante une mortelle vue,
Par les soins d'un amour ardent, affectueux,
De ma chère Lilis la tremblante paupière,
Comme on voit s'exercer l'aiglon audacieux,
Aurait bientôt appris à souffrir ma lumière.
    Je savais bien aussi que la vive clarté
Partie incessamment de mon aile splendide,
Etait de sa nature, innocente, rapide,
Comme celle qu'on voit, aux belles nuits d'été,
Pour attirer à lui sa compagne timide,
Le ver luisant suspendre au feuillage écarté.
Souvent, quand dans le ciel je déployais mes ailes,
Sur la nue où dormaient la foudre et les éclairs
Prêts à quitter son sein pour sillonner les airs,
Quoique laissant tomber des milliers d'étincelles,
Jamais je n'éveillai leurs terribles concerts;
Souvent, quand sur mon front la neige éblouissante
(La neige dont j'aimais la blanche pureté,
Lorsque ma vie encore était pure, innocente)

Tombait des cieux, pareille au duvet argenté
Que livre la colombe à la brise inconstante :
Telle était de mon front l'inoffensive ardeur,
Que des fleurs qu'agitait ma couronne si fière
Le flocon s'envolait, conservant sa blancheur,
Glacé, comme à l'instant de sa chute première.
Mais bien plus, de Lilis quand reposaient les sens,
Dans toute ma splendeur planant au-dessus d'elle,
Souvent n'avais-je pas sur ses attraits charmans
Imprimé les baisers de ma lèvre immortelle ?
Et quand son âme au jour cessait de reposer,
Ne la voyais-je pas s'éveiller pure encore,
Comme la chaste rose, ignorant, à l'aurore,
De la mouche de feu le nocturne baiser ?
Dans ses rêves enfin, lorsqu'au fond de son âme
Je lançais mes rayons, son corps en ce moment
N'éprouvait à mes feux aucun frémissement :
Tant s'échappait subtile et pure cette flamme
Qui, semblable en sa course au fugitif éclair
Qu'on voit dans le fourreau souvent fondre le fer,
Peut, sans toucher du corps l'enveloppe insensible,
Aller dissoudre l'âme aux regards invisible.
    Sans motif désormais à ma juste frayeur,
(Je le croyais, hélas ! aveuglé par mon crime !)
Voyant de son œil noir l'expression sublime
Chercher dans mon regard son espoir de bonheur,

Attendre que les cieux d'un accord unanime
Ouvrissent à ma voix leur divine splendeur,
Pouvais-je refuser ce gage à son délire?
Pouvais-je, par un mot, laisser craindre à son cœur
Que l'éclat qui m'ornait dans le céleste empire,
Devait ne pas briller à son moindre sourire,
Ne pas appartenir à son amour vainqueur?

Il me fallut céder!... lentement, d'auprès d'elle
Je me levai!... tandis qu'elle aussi devant moi
Debout, silencieuse, en tremblant, non d'effroi,
Mais pleine de l'espoir d'une vie immortelle,
Elle attendait enfin ce gage de ma foi!...
Les regards enflammés, telle on voit la prêtresse,
De la lune épier le disque lumineux,
Certaine que l'aspect de l'astre radieux
Dont le charme puissant domine sa faiblesse,
Va remplir tout son sein de transports furieux!

De tous mes ornemens, ma brillante couronne
Etait la seule alors qui manquât à mes vœux.
Le jour où pour jamais je descendis des cieux,
Je la laissai... là-bas... voyez... elle rayonne...
Près du lointain nuage à l'ouest emporté,
Ressemblant mieux encor, par sa vive clarté,
A ces astres de feu dont l'essaim l'environne,
Qu'au diadême obscur d'un Ange dégradé!
Elle seule manquait à ma riche parure;

Mais de mon front brillait le céleste appareil,
Les boucles que formait ma blonde chevelure,
Rayonnaient de l'éclat dont reluit le soleil;
Mes yeux réunissant à leur flamme première
La flamme qu'y joignait l'empire de l'amour,
Lançaient autour de moi des éclairs de lumière
A moi-même inconnus avant ce triste jour!
Dans toute leur beauté se déployaient mes ailes,
D'où, comme jaillissant de deux sources de feu,
Incessamment tombaient des torrens d'étincelles,
Ainsi que du sommet de quelqu'auguste lieu
Tombe écumeux, brillant, le flot des cascatelles!
Tout ce qui me restait de ce trésor divin,
Des célestes atours qu'en ses fêtes pompeuses,
Près du Trône éternel revêt le Chérubin,
Ornait en ce moment mes formes radieuses.
Fier du riche appareil qu'à ses yeux j'étalais,
Empressé, glorieux, vers elle je volais;
Et ses bras (quoique, hélas! tout-à-coup éblouie,
Sa tête sur son sein fût tombée affaiblie)
Ses bras étaient ouverts encor pour recevoir
Un immortel amant qu'elle n'osait plus voir!...

O grand Dieu! dans ce jour, ta terrible vengeance
Sur un être si beau devait-elle tomber?
Et ces charmes à qui tu donnas l'existence,
Dans les bras de l'amour devais-tu les frapper?...

A peine eus-je touché la Vierge frémissante,
Que soudain, (souvenir qui glace d'épouvante!)
Oui, soudain je sentis que ces funestes feux,
Si purs lorsque mon front rayonnait dans les cieux,
Depuis que le Péché souillait, hélas! mon âme,
N'étaient qu'une grossière, une terrestre flamme
Qui, si vîte que l'œil pût suivre ses progrès,
Brûlait ce que touchait sa dévorante rage!...
Et quel moment!.. ô Dieu! pourquoi, dans tes décrets,
Ce destin devait-il être, hélas! son partage?
Quel horrible moment quand je vis... quelle image!
En cendres, dans mes bras, se changer ses attraits!...
Cette joue, aux regards, si fraîche, si vermeille;
Ces lèvres dont pour moi l'approche était pareille
A la première coupe où l'Ange transporté,
Au sortir du Néant, boit l'immortalité;
Ces bras qui m'entouraient d'amour et d'innocence,
Qui formaient réunis l'horizon de mon cœur,
Bornaient mon avenir, mon sort, mon espérance,
Où je trouvais du ciel l'ineffable bonheur,
Et qui tendres encore à cette heure effrayante
Comme le premier jour où j'en fus enlacé,
Loin que la mort brisât leur chaîne caressante,
Me tenaient, en brûlant, contre son sein pressé;
Ces noirs cheveux enfin voilant ce cou d'albâtre
Qui brillait au travers, comme on voit par moment

Briller, à la clarté du timide croissant,
La blanche voile, au sein de la vague noirâtre;
Ces cheveux dont alors dans mon égarement
Une tresse adorée à mon cœur idolâtre
Eût fait de mille morts supporter le tourment;
Tout ce qui paraissait, hélas! à l'instant même,
Exhaler de l'amour le souffle parfumé,
Maintenant, dans l'horreur d'une angoisse suprême,
Expirait devant moi par le feu consumé!...
O malheur!... et c'était à ma flamme fatale
Que la Vierge devait cet horrible trépas!
Et j'étais le Démon dont l'étreinte infernale
Avait anéanti ces innocens appas!!

    O délire!... ô fureur!... effroyable vengeance!...
Ecoutez!... et tremblez!... si cette affreuse mort
Eût été le seul coup dont je frappais son sort;
Si jeusse vu cesser la terrible sentence,
Lorsqu'en cendre à mes yeux se changeait cette fleur;
Si l'âme n'eût pas dû, partageant son offense,
Porter, comme le corps, le sceau réprobateur,
Moins grand serait l'effroi, moins longue ma souffrance!
Mais, approchez, amis!... tous vos sens vont frémir!...
La terre frémirait et ne doit pas l'ouïr!...

    Alors que de son œil la mourante prunelle
M'adressant son dernier et son poignant adieu,
Se fixait sur les miens... quel regard!.. ô grand Dieu!

Quels que soient les tourmens, la torture cruelle
Qui s'acharne aux enfers sur une âme mortelle,
Mon enfer est pour moi dans ce regard de feu!...
Lorsque luttait encor sa dernière agonie,
Sur mon front immortel, de sa lèvre noircie,
Elle imprima, mourante, un dévorant baiser!...
Et maintenant encor je m'en sens embraser!...
C'était du feu!... du feu bien plus cruel encore
Que ne le fut le mien, et semblable à ces feux
Qu'un Ange sans frémir ne peut nommer aux cieux,
Elément de l'enfer qui sans cesse dévore!...
Comme un trait déchirant il pénétra mon sein;
Il laissait après lui l'angoisse, le délire!...
Voyez-vous sur mon front cette marque reluire?...
Du Péché, de l'Amour, indélébile seing!...
Tache d'un front maudit, éternelle blessure
Dont mes flottans cheveux, sous leur vaine splendeur
Que de l'impur contact fait fuir au loin l'horreur,
Ne peuvent dérober l'immonde flétrissure!...

    Son destin serait donc proclamé sans retour!
Ta voix aurait prescrit, Providence suprême,
Que celle qu'égara l'orgueil d'un tendre amour,
Et dont l'âme pouvait honorer le ciel même,
Maintenant, condamnée!... ah! je ne puis penser!...
Tu ne l'as pas voulu, Dieu bon, Dieu de clémence!
Non, ta lèvre jamais n'eût voulu prononcer,

N'eût voulu confirmer cette affreuse sentence!...
Et pourtant... ce regard... ce regard déchirant...
Qu'égarait la douleur, un désespoir horrible!...
Ce feu!... ce feu nouveau, si prompt, si dévorant
Que la terre, les cieux n'ont rien de si terrible,
Et sur mon front enfin ce sceau deshonorant!...
Oh! grand Dieu!.. vois!.. depuis ma chute criminelle,
Pour la première fois s'inclinent ces genoux!...
Si jamais à ma voix apaisant ton courroux,
Tu pouvais révoquer la sentence cruelle,
Pardonne à cet Esprit et ne punis que moi,
Moi qui de son orgueil égarai la faiblesse;
Et que les flots brûlans de l'urne vengeresse
Retombent sur mon front qui méconnut ta loi!...
Regarde!... à mes côtés s'inclinent en silence
Deux proscrits comme moi, deux exilés des cieux!
Quoique à jamais perdus par leur coupable offense,
Leur âme encore émue au sort des malheureux,
Pour la pauvre mortelle implore ta clémence!...
Trop bien, hélas! trop bien ils purent ressentir
Quels chagrins, quels remords, quel amer repentir,
Sur l'être le plus beau, le plus pur, le plus sage,
Laisse des passions le funeste passage!...
Eh! qui peut de sa faute espérer le pardon,
Si l'espoir n'est plus fait pour ces âmes si belles
Avec tant de regret se rendant criminelles,

Cherchant encor le ciel quand se perd leur raison?
Dieu juste! entends mes cris!.. détourne ta vengeance,
Frappe-moi de ton bras justement irrité!...
Criminel, je réclame un tourment mérité!...
Pour sauver à son âme un instant de souffrance,
Que ma souffrance à moi dure l'éternité!!...

Il cessa de parler, et soudain vers la terre
Il pencha de son front la brûlante rougeur,
Pendant que, près de lui, de leur coupable frère
Les Anges à genoux partageaient la douleur.
Sur les champs, de la nuit régnait le doux silence,
Et tandis qu'autour d'eux errante, tristement
La brise se jouait dans ces plumes d'argent
Qui, pour revoir les cieux perdus par leur offense,
Ne devaient plus des airs traverser l'élément,
Leur âme soupirait la muette prière

Que la Miséricorde accueille dans les cieux!
Ah! si le ciel alors eût rejeté leurs vœux,
Ce Dieu ne serait pas ce grand Dieu de lumière
Que proclame, ravi, ce Monde radieux,
Ce Monde, son ouvrage, éclatante matière,
D'amour et de bonté chef-d'œuvre glorieux!

A peine ils s'inclinaient, que du fond d'un bocage
Qui de leur solitude entourait le sommet,
La brise avec douceur lentement leur transmet
D'un luth harmonieux le son vague et volage.
La corde modulant quelque thème inspiré,
Se jouant à l'entour d'une phrase chérie,
Murmurait dans les airs une douce harmonie,
Semblable au chant d'amour tendrement soupiré
Par le ramier, qu'entend sa famille attendrie,
Surpris qu'un chant si doux de son sein soit tiré.
Au même instant, près d'eux une voix faible et pure
Se mêlant aux accords du sonore instrument,
Comme la brise au flot qui dans l'ombre murmure,
Du chant mélodieux suivait le mouvement,
Et traduisant, tremblante, et sa joie et sa peine,
Prêtait l'aile des mots au rapide penser
Qui, sans eux, frappant l'air d'une expression vaine,
De la corde jamais n'aurait pu s'élancer.

Aux sons de cette voix les Anges tressaillirent,
Le troisième surtout! sur ses traits sans fraîcheur,

Sans l'éclat dont jadis les cieux les embellirent,
Plus doucement du moins s'imprima la douleur.
On eût dit qu'au milieu de sa vive souffrance,
Son âme encore avait conservé l'espérance,
On eût dit que pour lui la coupe du chagrin
Réservait dans le fond la perle précieuse,
Pour la montrer brillante encor d'un feu divin,
Et lui faire oublier la liqueur odieuse,
Quand sa lèvre calmée en aurait bu la fin!
Quoique dans ses regards parût moins la surprise,
Que le secret plaisir d'un innocent aveu,
Le premier il tourna ses regards vers le lieu
D'où venaient les doux sons caressés par la brise,
Et sur les fils du ciel les reportant soudain,
Il écouta ce chant pur comme un chant d'Eden.

« Avec moi viens prier, mon Ange, toi que j'aime!
» Viens prier avec moi, toi, mon maître suprême!
» En vain, ce soir, ma bouche, organe de ma foi,
» Essaya, vers les cieux une sainte prière :
» La bouche peut s'ouvrir, le front toucher la pierre,
» Mais prier!... vainement!... je ne le puis sans toi!

» Des larmes de l'encens, dans le bois solitaire,
» J'ai nourri de l'autel la flamme tutélaire;

» Je l'abritai du vent et je suis sans effroi ;

» Mais sa lueur est sombre aux heures de l'attente ;

» Comme moi, l'on dirait qu'elle devient tremblante,

» Qu'elle ne peut briller, ni vivre loin de toi !

» Une barque, à minuit, sur les ondes lancée,

» Sans lune, sans pilote, à leur gré balancée ;

» Un luth qui de l'accord ne connaît plus la loi ;

» Un malheureux oiseau qui, blessé, n'a qu'une aile

» Pour prendre son essor vers son ami fidèle,

» Voilà ce que je suis quand je suis loin de toi !

» Idole de mon cœur ! angélique Puissance !

» Dans la vie où la mort ne fuis pas ma présence !

» Et lorsque, rayonnant de clarté, loin de moi

» Tu parcourras d'Eden l'enceinte fortunée,

» Laisse mon ombre alors s'y glisser, prosternée,

» Mille fois plus heureuse, ainsi, que loin de toi ! »

Les chants avaient cessé, quand vive et solitaire,

En cercle descendant du bois aérien,

Vers l'asyle témoin de leur sombre entretien,

D'une lampe à l'instant rayonna la lumière ;

Et tandis qu'à pas lents celle qui s'avançait

Elevait sur son front la lampe vacillante,
Pour éclairer, au bas, de sa lueur tremblante,
Le groupe des Esprits que l'attente agitait,
Ses yeux étincelaient sous la noire verdure,
Tels que le jeune Barde à l'âme vive et pure,
En voit luire parfois, vers le déclin du jour,
Au front de ces Esprits dont l'essaim l'environne
Et le suit dans les bois où son cœur s'abandonne
A ses rêves du ciel, à ses songes d'amour.
Ce ne fut qu'un instant! et la rougeur rapide
Que fit naître soudain, sur ses traits délicats,
Le penser qu'à cette heure une vierge timide
S'offrait seule à des yeux qu'elle ne cherchait pas,
A peine avait brillé sous le sombre feuillage,
Que cette vision tout-à-coup avait fui!...
Du météore ainsi reluit le feu volage;
A peine avons-nous dit « voyez! » que, vaine image,
A notre œil qui le cherche il s'est évanoui!

    Mais, avant de partir, son oreille charmée
Ouït ces mots : « Nama! je viens, ma bien-aimée! »
Prononcés d'une voix si chère pour le cœur;
Qui rappelle soudain la paix, la confiance,
Le charme du foyer et l'intime bonheur,
Ce nœud qui de deux cœurs ne fait qu'une existence,
Tout ce qui pour l'amour a le plus de douceur!
· Accent délicieux, ineffable harmonie

Exhalant le passé, le présent, l'avenir ;
Que l'espérance, unie au tendre souvenir,
Fait durer jusqu'au jour où s'éteint notre vie !

Et celui qu'appelaient ces vœux, ces doux accens,
Long-temps de sa Nama ne se fit pas attendre.
Peu de temps lui suffit alors pour leur apprendre
De ses chastes amours les plaisirs innocens.
Ils connaissaient déjà ce qu'il leur fit entendre ;
Et, plus déchus que lui, ses frères gémissans
D'un regret pour les cieux ne purent se défendre !

Voilà ce court récit que l'âge a conservé,
Non tel que le conta cet Esprit séraphique,
Mais tel que du déluge il fut par Cham sauvé, [18]
Gravé profondément sur une table antique.
Parmi tous ces recueils de sublimes récits
Qui, par de tristes chants, livraient à la mémoire
La criminelle erreur des célestes Esprits,
Du jeune Ange en ces mots fut écrite l'histoire :

Histoire du troisième Ange.

Parmi les Etres purs dont l'innombrable essaim [19]
Du Trône tout-puissant ceint la gloire suprême,
Brillans cercles de feu dont le centre est le même,
Et qui, dans tous les sens portant l'éclat divin,

Tels que ces sphères d'air prolongeant dans le vide
Du son qui les forma l'accord harmonieux,
En transmettent encor quelque reflet splendide
Jusqu'aux plaines sans fin où se perdent les cieux,
Les premiers à côté du trône de lumière,
Comme les bien-aimés du Maître souverain,
Les Séraphins heureux sont debout; leur bannière
Porte en signes brûlans ces mots : « Amour divin. »
Des Chérubins si fiers de leur savoir immense
Ils devancent les rangs, surpassent les honneurs;
Tant l'Amour, même au sein des célestes splendeurs,
Aux yeux de l'Eternel surpasse la Science!

Au milieu d'eux Zaraph charmait jadis le ciel!
Nul Esprit ne sentit une plus sainte flamme,
Nul Séraphin jamais, pour le Verbe éternel,
D'un plus fervent amour ne vit brûler son âme!
Pour lui, ce sentiment, cette puissante ardeur
N'était point une part de sa divine essence,
Elle était tout pour lui, bonheur, gloire, existence,
C'était le souffle enfin dont s'animait son cœur!
Souvent, lorsque du front de la Toute-puissance
S'échappait un éclair trop rapide et trop vif,
Que tous les Séraphins inclinés, en silence,
De leurs ailes de feu voilaient leur front craintif
Et n'osaient contempler cette magnificence,
Zaraph (tant son amour lui donnait de fierté!)

Soutenait du Très-haut la splendeur imprévue ;
Il eût dans ce regard plutôt perdu la vue
Que de n'admirer pas l'auguste Majesté !
Et lorsque, de leur Dieu célébrant la clémence,
Les Anges accordaient la harpe aux sons joyeux,
Pour saluer l'instant qu'attendaient tous les yeux
Où de quelque pécheur la sainte repentance
Venait toucher enfin le seuil brillant des cieux,
Oh ! comme de Zaraph la voix sonore et tendre,
De ce concert divin dominait tous les chants !
L'Amour seul animait chacun de ses accens,
Amour sublime, auquel l'Ange seul peut prétendre,
Par qui seul il produit des accords si touchans !

Ah ! pourquoi devait-on dans l'empire céleste
Voir ce que trop souvent nous voyons ici-bas,
Où toujours un cœur tendre et d'innocens appas
Sont près de la douleur ou d'un péril funeste ;
Où le Mal dans le Bien est tellement fondu,
Que ce trouble inquiet d'une âme qui s'anime
Et qui balance encor sur la pente du crime,
Nous paraît bien souvent l'effroi de la vertu ;
Où l'Amour n'a jamais de si pur sanctuaire
Que l'odieux serpent de la Perversité,
Aux instans de bonheur et de sécurité,
Ne se glisse en rampant sous l'autel tutélaire !

Du tendre Séraphin tel fut le sort fatal,

Tel fut le charme, hélas! la pente naturelle
Qui du Bien qu'il aimait l'entraîna vers le Mal;
Qui fit d'un amour vaste une ardeur criminelle!
Se laissant enlacer aux nœuds de la Beauté,
Partout où la trouvait son regard enchanté,
Des astres dont l'éclat couronne la Nature,
Jusqu'à ces yeux brillans du terrestre séjour,
L'Ange voulut tout voir, et bientôt son amour
Avec le Créateur unit la Créature!

    C'était l'heure du soir; l'eau dormait sur le bord,
Quand, la première fois, son oreille charmée
D'un luth harmonieux ouït le doux accord
Se mêler à la voix qui devait être aimée,
Et glisser sur la mer qui, brillante et calmée,
Eût craint par un soupir d'en arrêter l'essor.
De ces tendres accens l'écho tendre et volage,
Sur l'onde, dans les airs, par la brise emporté,
Allait mourir au sein d'une vive clarté,
Par-delà l'Océan, bien loin de son rivage,
Où du jour expirant les longs flots de rubis
Franchissant l'horizon, ceinture éblouissante,
Venaient de s'écouler, en cascade éclatante,
Dans les bosquets rians du divin Paradis.
La voix chantait de Dieu la suprême Puissance,
Et la Miséricorde au sourire enchanteur,
Assise près du trône, au sein de la splendeur,

D'une tremblante main, vers le lieu de l'offense,
Toujours prête à guider la céleste vengeance,
Pour éteindre en son cours sa dévorante ardeur!
Elle chantait la Paix, l'Amour expiatoire
Dont l'astre, dans les airs, resplendissant de gloire,
Rayonne sur ce monde et de crainte et d'espoir,
Et que la Foi contemple avec un œil si tendre
Qu'en chacun de ses pleurs on peut apercevoir
De cet astre d'amour la clarté se répandre!
Ainsi chantait la voix. La douce piété
Dans cet hymne divin respirait si touchante
Que l'Ange, à cet accent jusques à lui porté,
Tandis qu'il s'arrêtait sur une mer dormante,
Pour mieux saisir du jour la mourante clarté,
Le prit pour un accent élancé de la vague,
Des concerts de l'Eden écho mélodieux,
A la cime des flots arrivant doux et vague,
Doucement répété par un Esprit des cieux.

  Mais Zaraph cependant sur son aile rapide
Remontant jusqu'au lieu d'où le chant vint d'abord,
Aperçut enchanté, sur le sable du bord,
D'une jeune Beauté l'expression timide.
Les vagues, à ses pieds, par un dernier effort,
Déposaient leur tribut, plaintives, expirantes,
Comme l'esclave, aux pieds des Sultanes brillantes,
Porte, épuisé, ses dons, soupire et tombe mort!...

Et tandis que son luth se taisait auprès d'elle,
Cédant, trop inégal, aux rapides accens
Qui coulaient à longs flots de sa bouche mortelle,
Une extase subite enchaîna tous ses sens!...
Elle leva des yeux dont la pure lumière,
Au lieu d'en adresser eût mérité des vœux;
D'aussi beaux, dans le ciel, se penchent vers la terre,
Mais d'aussi beaux jamais n'admirèrent les cieux!

    Amour! Religion! céleste Mélodie!
Oh! seuls restes d'Eden au terrestre séjour,
Seuls biens consolateurs depuis le fatal jour,
Rappellant seuls encore à notre âme avilie
L'orgueilleux souvenir de sa belle patrie,
Que les rêves par vous apportés, tour-à-tour,
Offrent de ressemblance en leur douce magie!
Combien de fois l'Amour, malgré de puissans nœuds,
De la Religion aime à prendre les ailes,
Lorsque le Temps rapide ou les Peines cruelles
Des siennes ont glacé l'essor victorieux!
Et la Religion, dans ses élans pieux,
Ignorant de l'Amour les ruses criminelles,
Que de fois elle suit ses pas fallacieux!...
Pendant que l'Harmonie est la chaîne puissante
Qui semble encore au ciel tous deux les réunir:
De leur séjour natal langue si ravissante,
Que sans elle ils auraient perdu son souvenir!...

Fatal moment! Zaraph pouvait-il se défendre?
Comment ne pas céder à ses charmes puissans?...
Des chants si purs sortaient de cette âme si tendre,
Qu'ils égalaient des cieux les sublimes accens;
Une extase si sainte enchaînait tous ses sens,
Qu'à ce ravissement l'Ange seul peut prétendre!
Trop bien de ce moment il sentit la douceur!...
Ce magique transport coûta cher à son cœur!...
Et Zaraph ignorait, lorsqu'il tombait pour elle,
Quand sa faute du ciel l'exilait sans retour,
Sainte Religion! douce Harmonie! Amour!
A quel charme cédait son âme criminelle!

Heureux fut ce moment si chèrement conquis,
Et pur autant que l'est une chose mortelle!...
Pour la première fois, dans les sacrés parvis
Où la Religion réside auguste et belle,
Le glorieux soleil de sa flamme éternelle
Eclaira deux amans par des nœuds d'or unis,
Pour vivre et pour mourir dans leur amour fidèle!...
Pour la première fois, sur son front virginal, [20]
La femme vit placer cette blanche couronne
Qui, fanée en sa fleur par un souffle fatal,
Au front de la Beauté jamais plus ne rayonne,
Et ne peut refleurir à l'autel nuptial!...
Sainte et chaste union par un Ange formée,
Angéliques liens, dignes d'un fils des cieux,

Seul asyle de paix où l'Amour vertueux,

Loin de la cour céleste à son exil fermée,

Trouve le calme au sein d'un monde ténébreux!

   Bien que Zaraph, coupable en son tendre délire,

Abandonnant au ciel son poste glorieux,

Attiré par la femme au souris gracieux,

D'une flamme terrestre eût ressenti l'empire;

Bien que de cet amour le souffle tout mortel

Eût terni de son cœur l'éclatante surface

Où naguères encor, de l'Esprit éternel,

Voilée en ce moment, brillait l'auguste face;

Ce Dieu juste, pourtant, jamais d'un œil si doux

D'un coupable pécheur ne regarda l'offense:

Avant que descendît la céleste vengeance,

Le sourire avait presque éloigné le courroux!

Humble était leur amour, plein de trouble et de crainte;

C'était un trésor pur loin des yeux écarté,

Qui pour eux n'était pas le don de la loi sainte,

Dont leur triste remord contemplait la beauté,

Dont l'éclat, de leurs pleurs gardait l'humide empreinte.

   L'Humilité modeste, à l'œil plein de douceur,

Des célestes vertus noble et touchante mère,

De ces chastes époux avait choisi le cœur,

Mais le cœur de Nama surtout parut lui plaire.

Ces appas pour lesquels Zaraph perdit les cieux,

Elle seule semblait en ignorer les charmes;

Lorsque Zaraph sur elle inclinait ses beaux yeux,
Et que les siens, craintifs, pleins d'amour et de larmes,
Dans le sein d'un époux cachaient leurs douces armes,
Nama s'humiliait alors dans son bonheur,
Et se disait : « quel droit ai-je aux dons du Seigneur? »

    Une vierge si tendre, à l'âme si modeste,
Ne pouvait du savoir nourrir la soif funeste,
Cette soif pour laquelle un sexe fut maudit,
Depuis Ève aux accens de l'Enfer égarée,
Jusqu'à celle qui vint, dans l'enceinte sacrée, [21]
Surprendre ce qu'entr'eux les Anges avaient dit.
Non; chérir son époux comme elle était chérie;
Lui garder cette Foi que l'aspect du danger,
La peine, le bonheur ne fait jamais changer,
Qui, dût-elle un moment voir sa lumière enfuie,
(Comme l'aiguille attend pour mesurer le jour)
Fidèle, eût attendu l'heure de son retour;
Conserver cette aimable et douce Patience
Qui souvent s'inclinant aux souffles orageux,
Relève de son front la timide innocence;
Croire au souris charmant de la belle Espérance
Qui, du nuage épais dont le Mal tend les cieux,
Laisse percer du Bien le rayon précieux :
Telle était de Nama la naïve existence!
Cet amour si profond qu'au séjour de splendeur
Des Chérubins jamais n'égala la science;

Cette fidélité, cette rare constance,
Étaient son seul plaisir, sa gloire, son bonheur!
De tout son avenir, dans le ciel, sur la terre,
C'était l'unique but; tant, à ses yeux, l'espoir,
Et d'un cœur innocent la sincère croyance,
Semblaient un bien encor plus doux que le savoir!

Humble couple d'amour, s'avançant dans la vie,
Ils cheminaient confus, mais purs devant leur Dieu;
Et jamais avant eux, et surprise et ravie,
La Terre n'aperçut un plus aimable nœud.
Quel aspect enchanteur, quand, dans l'auguste enceinte
Où sur eux de l'autel tombait la clarté sainte,
La main pressant la main, leur front religieux
S'inclinant, leur prière alla fléchir les cieux!
Brillans anneaux d'amour, par un destin funeste [22]
Un moment séparés de la chaîne céleste,
Mais pour l'éternité joints désormais entr'eux;
Immortelles Splendeurs par le sort détachées [23]
De cet Arbre éternel qui dans les cieux fleurit;
Tendres fleurs par le vent vers la terre penchées,
Mais belles comme au jour où le ciel leur sourit!

Leur châtiment enfin (bien qu'elle soit légère,
Une faute jamais ne fuit le châtiment)
Proclamé par la voix d'un Dieu juste et clément,
Fut qu'ils seraient tous deux errans sur cette terre,
Tant qu'on verrait des mers s'agiter l'élément,

Et que d'un vert gazon s'ornerait cette sphère;
Pour le corps et pour l'âme exempts de changement;
L'œil à jamais tourné vers la sublime voûte
Dont leur vient la lointaine et fidèle clarté;
Beaux pélerins d'amour dont le Temps est la route,
Et dont l'heureux séjour sera l'Eternité!
Soumis à tous les maux dont la chaîne suivie
Accable l'Amour vrai dans cette courte vie :
A l'espérance, aux vœux que forment ses désirs;
Au froid qui, même avant qu'ils sortent de son âme,
En terrestre vapeur change d'ardens soupirs;
Au doute si cruel dont se nourrit sa flamme;
Au chagrin qui se mêle à ses plus doux loisirs;
A ces illusions enfin bien plus perfides,
Qui, vers des bords rians précipitant ses pas,
Le détournent, trompé, de ses routes arides,
Pour céder, dans ce monde, à d'imposteurs appâts,
Et pour tremper sa lèvre à des sources limpides
Que sans cesse il poursuit et qu'il n'atteindra pas!...
Jusqu'à l'heure où, plaintif, il fuit l'onde cruelle,
Tourne encore une fois ses yeux long-temps déçus,
Et gagne le séjour de la paix éternelle
Où de sa longue soif Dieu ne se joûra plus!...

    Tel est leur châtiment, et pourtant leur tendresse
De momens fortunés savoure encor l'ivresse!
Ils ont de ces instans attendus par l'Amour,

Où, quand après l'absence arrive le retour,
Il est si doux de voir une image chérie,
Sans nuages, sans pleurs dont elle soit flétrie;
De ces tendres aveux par l'Amour appelés,
Secrets épanchemens d'âme en âme exhalés,
Libres d'un doute affreux, sans mélange de crainte,
Purs comme la lumière émanant du soleil,
Dans ces orbes nombreux profondément empreinte,
Et revenant à lui dans un éclat pareil!
Douce union des cœurs, intime confiance
Où de leurs sentimens confondant le trésor,
Chacun à l'être aimé livre son existence
Pour une plus nouvelle et plus heureuse encor!
Telle est de ces amans la pure jouissance
Que couronne l'espoir de ce jour glorieux
Où, pour ne plus tomber, tout pleins d'une autre essence,
Leurs esprits épurés remontant vers les cieux,
Iront goûter, ravis, la douce récompense
D'un vertueux amour, d'une sainte croyance
En Celui de qui vient tout bonheur précieux;
Où, secouant enfin leurs ailes frémissantes
Que souilla la poussière au terrestre séjour,
Ils parcourront des cieux les plaines éclatantes,
Asyle fortuné d'un éternel amour!...

En quels déserts lointains, en quel lieu solitaire
Sont errans ou fixés ces voyageurs craintifs?

Dieu, les Anges du ciel le savent, attentifs
A suivre, à diriger leur marche sur la terre.
Mais que si, dans le monde, à nos regards surpris
S'offrait un jeune couple aux formes immortelles,
Et n'ayant plus besoin que de brillantes ailes
Pour égaler du ciel les glorieux Esprits;
Qui jette sur la terre une douce lumière,
Bien qu'il soit ici-bas humble dans son destin :
Comme la violette à la fleur printanière,
Se cachant au regard sur le bord du chemin,
Destinée à l'oubli sous l'ombre hospitalière,
Si l'œil ne la trouvait à son parfum divin;
Dont les cœurs ne font qu'un dans la même pensée;
Dont les voix exprimant la même volonté,
Se répondent, ainsi qu'au fond de la vallée,
L'écho répond au chant par la brise apporté,
Si bien qu'entre les sons l'oreille balancée
Ne sait quel est le son ou le chant répété;
Dont l'humble piété n'est qu'une flamme sainte;
Et dont l'amour enfin, bien que de tendres nœuds
Réunissent leurs cœurs dans la plus douce étreinte,
Ne tient pas à la terre et n'appartient qu'aux cieux :
Ainsi que deux miroirs dont la pure surface
Tour-à-tour se renvoie une même lueur,
Vive et belle clarté, mais qui n'est pas la leur,
Et qui descend des cieux sur leur brillante glace;

Si, dans le monde, un jour, des êtres aussi purs
Venaient à nos regards se montrer, soyons sûrs
Que ce couple charmant est le seul sur la terre,
Et bénissant leur trace au terrestre séjour,
Disons : « Puissent Zaraph et sa Nama si chère
» Aux célestes parvis se reposer un jour!! »

NOTES.

———

¹ Une traduction erronée des Septente, etc.

L'ERREUR de ces interprètes (et elle est aussi, dit-on, dans la vieille version italienne) provient de ce qu'ils ont traduit : « les Anges de Dieu, » au lieu de « les fils de Dieu ; » et cette méprise, soutenue par les commentaires allégoriques de Philon et par les absurdes fictions du livre d'Enoch, était plus que suffisante pour affecter l'imagination d'écrivains demi-païens, tels que Clément d'Alexandrie, Tertullien, Lactance, qui, surtout parmi les Pères, se sont le plus livrés à leurs rêveries sur ce sujet. Le plus grand nombre, néanmoins, a rejeté cette fiction avec indignation. Saint Chrysostôme, dans sa vingt-deuxième homélie sur la Genèse, en expose, avec chaleur, toute l'absurdité ; et Saint Cyrille regarde une telle supposition comme « voisine de la folie. » Suivant ces Pères (et leur opinion a été suivie par tous les Théologiens, depuis Saint Thomas jusqu'à Caryl et Light-Foot), le terme de « fils de Dieu » doit être entendu comme désignant les descendans de Seth par Enos, famille particulièrement favorisée du ciel, parce que ce fut parmi ses membres que les hommes commencèrent à invoquer le nom de Seigneur, tandis que, par « les filles des hommes, » ils supposent qu'on désignait la race corrompue de Caïn. La probabilité, cependant, est que les mots en question auraient dû être traduits par « les fils des nobles ou des grands, » comme nous les trouvons interprétés dans le Targum d'Ankelos (la plus ancienne et la plus soignée de toutes les Paraphrases chaldéennes), et

7

comme il paraît, d'après Cyrille, que Symmaque les a aussi
rendus. Cette traduction du passage éloigne toute difficulté, et
délivre l'Histoire sainte d'une extravagance qui peut convenir
à l'imagination du poëte, mais qui ne peut s'accorder avec
nos opinions philosophiques et religieuses.

> 2 Et la nuit et le jour , dans ces divins royaumes,
> Se transmettent l'écho du Verbe lumineux!

Saint Denys (*de Cœlest. Hierarch.*) est d'avis que, lorsque
Isaïe représente les Séraphins comme se criant « les uns aux
» autres, » son intention est de décrire ces communications
de la divine pensée, de la divine volonté, lesquelles passent
continuellement des ordres supérieurs des Anges, aux ordres
inférieurs.

> 3 Ce prestige divin qu'à nos yeux enchantés,
> Offre d'un songe heureux la vague transparence!

Ce passage est fondé sur l'autorité, ou bien plutôt sur
l'imagination de quelques Pères, qui supposent que les
femmes de la terre se montrèrent ainsi, pour la première
fois, aux célestes Esprits. Saint Basile en a même fait
sérieusement la base d'une règle assez rigoureuse pour la
toilette de ses belles pénitentes.

> 4 Elle me dit : « ô gloire ! ô destinée heureuse,
> » D'être l'Esprit qui veille à cet astre éclatant! »

L'opinion de Kircher, de Ricciolus (et c'était, je crois,
à un certain point, celle d'Origène) est que les étoiles
sont mues et dirigées par des Intelligences ou des Anges
qui président à leurs destinées. Entr'autres passages de
l'Ecriture à l'appui de cette notion, ils citent ces mots
du livre de Job : « quand les étoiles du matin chantèrent
» ensemble; » sur quoi Kircher remarque : « *non de
» materialibus intelligitur.* »

5 Les célestes Gardiens qui veillent près du trône.

« Les Gardiens, race du Ciel, » livre d'Enoch. Dans
Daniel aussi, les Anges sont appelés Gardiens : « voici que
» tout-à-coup un Ange-Gardien et un Saint descendirent
» du Ciel. »

6 Alors ce sombre jus, ce breuvage des hommes.

Pour tout ce qui a rapport à la nature et aux attributs
des Anges, à l'époque de leur création, à l'étendue de leurs
connaissances, au pouvoir qu'ils possèdent ou qu'ils peuvent
prendre, par occasion, de remplir les fonctions humaines,
comme de manger, de boire, etc. Je renvoie ceux qui
désirent de plus amples informations sur ce sujet, aux
ouvrages suivans : Traité sur la céleste Hiérarchie, écrit
sous le nom de Denys l'Aréopagite. — *De Cognitione
Angelorum,* de Saint Thomas. — Les 9.ᵉ, 10.ᵉ et 12.ᵉ
Chapitres du VI.ᵉ Livre de l'Histoire des Juifs. — Le traité
de Bonaventure sur les Ailes des Séraphins. — Et enfin, le
lourd in-folio de Suarès, *De Angelis.*

7 Alors, affreux moment! cette coupe fatale,
  Sur ma lèvre imprima ses poisons odieux.

Quelques-unes des circonstances de cette histoire m'ont
été suggérées par la Légende orientale des Anges Narut et
Marut, racontée par Mariti, qui dit que l'auteur du Taalim
fonde là-dessus la prohibition du vin chez les Mahométans.
Le Bahardanush rapporte l'histoire différemment.

8 Ah! pourquoi nous donner ces regards tout de flamme,
  Ou pourquoi, dans les cieux, nos regards enchantés
  Ne contemplent-ils rien d'aussi beau que la femme?

Tertullien imagine que les paroles de Saint Paul : « la
» femme doit porter un voile sur la tête, à cause des Anges, »
se rapportent évidemment au fatal effet que la beauté des
femmes produisit autrefois sur ces divins Esprits.

9 O sainte vision ! Depuis le triste jour
  Où l'ardent Lucifer, en sa chute fatale,
  Entraîna, pour jamais, dans la nuit infernale,
  Le tiers des astres purs de l'éternel séjour.

Il entraîna la troisième partie des astres du Ciel, et les précipita sur la terre. — Revelat. XII. — « *Docent Sancti,* (dit Suarez) *supremum Angelorum traxisse secum tertiam partem Stellarum.*

10 Non, rien de si brillant encore, avant cette heure.

L'idée des Pères était que les vides occasionnés dans les différens ordres des Anges, par cette chute, devaient être remplis par la race humaine. Il y a cependant une autre opinion, soutenue par l'autorité d'un Pape, que c'était seulement le dixième ordre de la Hiérarchie céleste qui tomba, et que, par conséquent, les promotions qui, par momens, auraient lieu de la terre au ciel, ne sont destinées qu'à compléter ce seul ordre.

11 C'était Rubi !

J'aurais pu choisir peut-être un nom plus harmonieux, mais je l'ai adopté (comme celui de Zaraph, dans l'histoire suivante) pour marquer plus particulièrement la classe des Esprits à laquelle cet Ange appartient. L'auteur du Livre d'Enoch, qui estime à deux cents le nombre des Anges qui descendirent sur le mont Nermon, dans le dessein de faire l'amour aux filles de la terre, nous a laissé les noms de leurs principaux chefs, Samyaza, Urakabaramiel, Akibiel, Tamiel, etc.

12 Dans l'immortel essaim de ces brillans Esprits,
  Appelés dans les cieux Esprits de la Science.

Le mot Chérubin signifie science; c'est pour cela qu'Ezéchiel, pour exprimer la multiplicité de leurs connaissances, les représente « *couverts d'yeux.* »

¹³ Amis ! il vous souvient de ce jour mémorable.

Saint Augustin (sur la Genèse) semble presque incliner à admettre que les Anges avaient eu quelque part (*aliquod ministerium*) à la création d'Adam et d'Eve.

¹⁴ La consoler encore, et l'appeler... sa vie!!...

Chavah (ou, comme il est écrit dans la vèrsion latine, Eva) a la même signification que le mot grec ζωὴ, vie.

¹⁵ Pour la première fois alors le diamant,
Pareil au vif regard dans une nuit profonde.

Quelques Gnomes, désireux de devenir immortels, avaient voulu gagner les bonnes grâces des filles de la terre, et leur avaient apporté des pierreries dont ils sont gardiens naturels; et ces auteurs ont cru, s'appuyant sur le Livre d'Enoch mal entendu, que c'étaient des pièges que les Anges amoureux, etc. — *Le Comte* de Cabalis.

Tertullien attribue tous les principaux ornemens qui servent à la toilette des femmes, tels que les colliers, les bracelets, le rouge, la poudre noire pour les cils, aux recherches que firent les Anges déchus, dans les retraites les plus cachées de la nature, et aux découvertes qu'ils pouvaient faire, grâce à leur divinité, de tout ce qui était capable d'orner leurs favorites terrestres. — *De Habitu muliebri, Cap.* 2; voyez aussi : *De Cultu fœmineá, Cap.* 10.

¹⁶ Plus d'une vérité, d'un sublime mystère,
Que Dieu voulait cacher à l'esprit des mortels.

Saint Clément d'Alexandrie est un de ceux qui supposent que la connaissance de ces sublimes doctrines était venue de quelque révélation des Anges. Saint Cassien et autres font sortir de la même source toutes les sciences impies, telles que la Magie, l'Alchimie, etc.

¹⁷ Telle est cette lueur, crépuscule incertain.

La lumière zodiacale n'est autre chose que l'atmosphère du soleil. (Lalande.)

¹⁸ Mais tel que du déluge il fut par Cham sauvé.

Les colonnes de Seth sont ordinairement regardées comme les dépositaires de la science anté-diluvienne; mais on n'y trouva inscrits que des secrets astronomiques. J'ai donc préféré ici les tablettes de Cham, comme renfermant des informations plus variées.

¹⁹ Parmi les Êtres purs dont l'innombrable essaim
Du Trône tout-puissant ceint la gloire suprême.

Voyez, dans le treizième chapitre de Saint Denys, ses notions sur la manière dont le rayon de Dieu se communique d'abord aux Intelligences qui sont près de lui, ensuite à celles qui s'en éloignent, perdant graduellement de son éclat, à mesure qu'il traverse un milieu plus dense.

²⁰ Pour la première fois, sur son front virginal,
La femme vit placer cette blanche couronne.

Dans l'église catholique, lorsqu'une veuve se remarie, je crois qu'on ne lui permet pas de porter des fleurs sur la tête. Les anciens Romains honoraient d'une couronne pudique « *corona pudicitiæ,* » celles qui ne formaient qu'une fois les noeuds du mariage.

²¹ Jusqu'à celle qui vint, dans l'enceinte sacrée,
Surprendre ce qu'entr'eux les Anges avaient dit.

Sara, femme d'Abraham.

²² Brillans anneaux d'amour, par un destin funeste
Un moment séparés de la chaîne céleste.

Les Séphirothes sont des Ordres supérieurs de l'être émané, dans l'étrange et incompréhensible système de la Cabale juive.

Ils ont différens noms : la Pitié, la Beauté, etc. On suppose
que leurs influences agissent à travers certains canaux qui
communiquent les uns aux autres. Le lecteur peut juger de
la raison de ce système par l'explication suivante : « les
» canaux qui sortent de la Miséricorde et de la Force, et qui
» vont aboutir à la Beauté, sont chargés d'un grand nombre
» d'Anges. Sur le canal de la Miséricorde, il y en a trente-cinq
» qui récompensent et qui couronnent la vertu des Saints,
» etc., etc. » — Voyez, dans l'utile Abrégé de Brucker, par
Enfield, un exposé concis de la Philosophie cabalistique.

23 Immortelles Splendeurs par le sort détachées
De cet Arbre éternel qui dans les cieux fleurit.

On les représente quelquefois sous la figure d'un arbre :
« l'Ensoph qu'on met au-dessus de l'arbre Séphirotique, ou
» des Splendeurs divines, est l'Infini. — Histoire des Juifs,
» Liv. 9, Chap. II. »